마스터 M과 교과서 대모험 1 과학 편 줄거리

학교 도서관에 남아 과학 활동지를 풀던 환이와 다솜이는 어디선가 들리는 고양이 소리를 따라간다. 둘은 열쇠를 물고 있는 고양이를 발견하고 열쇠에 적힌 글씨를 읽자마자 환이의 과학 교과서 속으로 빨려 들어간다. 교과서 속 세상은 수상한 마법사인 마스터 M에 의해 어지럽혀져 있었다. 마법에 걸려 마음대로 움직일 수 없는 다솜이는 옆에서 도와주기만 할 뿐, 환이 스스로 과학 개념을 이해하고 문제를 풀어야만 교과서에서 나올 수 있다. 공부와 담을 쌓은 환이지만 다행히 다솜이와 신비한 고양이 미오의 도움으로 교과서에 나오는 과학 어휘와 개념들을 깨우치며 여러 위기를 극복하고 무사히 과학 교과서를 빠져나온다.

마스터 M과 사회 교과서 대모험

글 **김성효** | 그림 **정수영**

주니어김영사

안녕하세요, 어린이 여러분. 《마스터 M과 교과서 대모험》에서 다시 만나게 되어서 반가워요. 이 책을 쓴 성효쌤이에요. 선생님은 초등학생을 17년 동안 가르쳤는데요. 한번은 교실에서 한 아이가 이런 이야기를 하는 거예요.

"선생님, 저는 멍청한가 봐요."

선생님은 깜짝 놀라서 되물었어요.

"아니, 왜? 네가 왜 멍청해."

"전 사회가 너무 어려워요. 무슨 말인지도 모르겠고, 외워도 자꾸 까먹어요."

"저도요, 저도요. 사회는 재미없고 지루해요."

다른 친구들도 덩달아 외쳐 댔어요. 선생님은 아이들의 고민을 듣고 어떻게 해야 사회가 쉬워지고 재미있어질까 고민했지요.

교과서에 나오는 수많은 단어 중에는 공부에 꼭 필요하고, 우리가 반드시 기억해야 할 어휘들이 있어요. 그걸 어려운 말로는 '학습 용어'라고 해요. 이 학습 용어는 공부의 핵심이기 때문에 그날그날 꼭 익히고 넘어가야 한답니다. 하지만 문제는 이 학습 용어들이 아이들에게 너무나 낯설고 어색하다는 것이에요.

예를 들어 인문 사회, 자연환경, 민주주의, 우데기, 기후 현상 등 이런 단어들은 우리가 평소에 자주 쓰는 말이 아니지요? 결국 외우면 잊어버리고, 외우면 잊어버리고를 반복할 수밖에 없어요. 억지로 외운 건 금방 잊어버리거든요.

그럼 어떻게 하냐고요? 이야기 속에서 꼭 알아야 할 단어들을 자연스럽게 만나는 거예요. 그것도 여러 번 반복해서요. 그러면 거짓말처럼 술술 외워지거든요. 재미있는 판타지 동화에 녹아들어 있으면 누가 읽어도 자연스럽게 어휘를 익히게 되니까요.

사실 이 책의 주인공 환이도 사회라면 질색하는 친구였지만, 사회 교과서 대모험을 마친 다음에는 누구보다 사회가 좋아졌대요. 여러분도 환이와 함께 재미있는 판타지 모험을 마치고 나면 사회가 하나도 어렵지 않고 재미있어질 거예요.

수상한 마법사 M은 교과서 세상을 뒤죽박죽 바꿔 놓은 못된 마법사예요. 환이와 다솜이는 뒤죽박죽된 교과서 세상을 되돌리고, 무사히 바깥세상으로 돌아올 수 있을까요. 그럼, 신비한 고양이 미오를 따라서 교과서 세상으로 떠나 볼까요.

김성효 선생님

사회 과목이 어렵다고 느껴지나요? 이 책은 복잡한 사회 용어와 개념을 판타지 이야기로 풀어내어 여러분이 재미있게 학습할 수 있도록 도와줍니다. 이제 모험을 통해 쉽게 배우고 사회를 더 깊이 있게 배워 볼까요?

경희사이버대학교 한국어문화학부 김태수 교수님

초등학생들이 가장 어려워하는 과목이 사회입니다. 어렵게 생각하는 가장 큰 이유는 어휘고요. 낯선 어휘, 힘들게 공부해야 하는 용어들을 판타지 동화로 배운다면 어떨까요. 정말 쉽고 재미있게 자연스럽게 익힐 수 있어요. 이 책은 사회를 싫어하는 어린이들을 위해 정교하게 계획되어 만들어진 최고의 학습 동화입니다.

유튜브 초등생활처방전 이서윤 선생님

어린이는 이야기를 좋아합니다. 이야기의 힘으로 모험하듯 공부하고 싶은 어린이에게 이 책을 펼쳐 주세요. 짜임새를 갖춘 판타지 동화를 통해서 초등 교과서에 나오는 다양한 개념과 어휘를 익힐 수 있습니다. 한번 이야기의 맛을 경험해 본 아이는 그 어떤 책이라도 탐험하듯 읽어 낼 수 있습니다. 김성효 선생님이 펼쳐 내는 매혹적인 이야기 속으로 여러분을 초대합니다.

좋아서하는어린이책연구회 대표 이현아 선생님

공부를 잘하려면 단어가 꼭 필요합니다. 단어를 잘 익히려면 좋은 글을 읽어야 해요. 좋은 글은 재미도 있어야 합니다. 재미있고, 좋은 글을 읽다 보면 단어가 주는 깊은 맛도 알게 된답니다. 환이와 다솜이와 함께 모험을 하면서 쑥쑥 자라나는 단어의 힘을 느끼는 마법을 경험하길 바라요.

거창 창남초등학교 차승민 선생님

등장인물

환이

그림 그리는 걸 좋아하고
까불까불 장난치는 걸 좋아하는
평범한 아이. 교과서 세상에서
벗어나기 위해 열심히 노력한다.

다솜이

신중하고 차분한 성격으로 전형적인
모범생이다. 교과서 세상에선 환이의
학습 도우미로 활약한다.

마스터 M

교과서 세상을 엉망으로 만든 주인공이다.
환이와 다솜이 그리고 검은 고양이를 지켜보며
호시탐탐 위기에 빠트릴 기회를 엿본다.

검은 고양이

환이가 자신의 교과서에
직접 그린 고양이로
이름이 '미오'이다.

차례

다시 교과서 속으로

꽈꽈쾅, 쾅쾅, 천둥소리가 복도에 요란하게 울렸다.

"앗, 깜짝이야."

다솜이는 교과서와 공책을 품에 꼭 끌어안고는 환이를 돌아보았다.

"뭐야, 날씨 왜 이래. 혹시 네가 사고 쳐서 그런 거 아니야?"

"그래도 내 덕분에 재미있는 경험 많이 했잖아."

환이가 쳇, 소리를 내면서 입술을 삐죽거렸다.

"아 참, 박다솜, 너 보람이 좋아한다며?"

환이는 문득 생각났는지 히죽 웃으면서 혀를 내밀었다. 다솜이는 갑자기 얼굴이 새빨개졌다.

"뭐, 뭐? 내, 내가?"

"에이, 아까 다 들었는데 뭐. 네가 그랬잖아. 히히히. 얘들아, 다솜이가 보람이 좋아한대!"

환이가 다솜이를 놀려 대면서 뒷걸음질 쳤다.

"흥, 너 잡히기만 해 봐."

다솜이의 표정이 사나워졌다. 환이는 아랑곳하지 않고 놀려 대다가 도서관으로 도망쳤다.

"우헤헤헤. 잡아 보시지, 잡아 보시지."

"너 가만 안 둬."

다솜이는 환이를 잡으러 도서관으로 다시 달려갔다.

파파팟, 번쩍, 하고 번개가 쳤다. 도서관은 환하게 밝아졌다가 곧 어두컴컴해졌다. 줄을 맞추어 늘어선 도서관 책꽂이를 따라서 검은 그림자가 울렁거리더니 커다랗게 번져 왔다. 환이와 다솜이는 책꽂이를 사이에 두고 뱅글뱅글 몇 바퀴를 돌았다.

"아하하하, 재밌다."

환이가 깔깔거리는데 다솜이가 갑자기 멈춰 섰다.

"이건 사회 교과서잖아? 어? 수학 교과서도 있네."

다솜이가 바닥에 떨어진 교과서를 집어 들었다.

"이환, 이거 네 교과서야. 넌 교과서 잃어버린 줄도 몰랐니?"

다솜이의 잔소리에 리듬이라도 맞추듯이 밖에선 요란한 천둥소리가 났다. 다솜이는 가만히 서서 창밖을 바라보았다.

"저 천둥소리 좀 들어 봐. 아까 과학 교과서로 들어갈 때랑 똑같잖아. 으음, 이거 왠지 불길한데?"

불안한지 다솜이가 손톱을 깨물었다.

"잠깐, 한번 확인해 보자. 아까와 비슷한 상황이라면……."

다솜이가 환이의 이름이 적힌 사회 교과서를 책상에 올려놓았다.

"너 다른 교과서는 멀쩡한 거지? 설마 교과서마다 낙서한 건 아니지?"

다솜이가 환이의 사회 교과서를 팔랑팔랑 넘겨 보았다. 아니나 다를까 이번에는 사회 교과서 구석마다 쪼끄마한 사람 그림이 그려져 있었다.

"앗, 이환! 여기, 여기. 어머, 여기도 있잖아? 세상에……. 너 사회 교과서에도 낙서한 거야?"

다솜이가 눈이 동그래졌다.

창밖에서 기다렸다는 듯이 번쩍, 하고 번개가 쳤다. 곧 우르릉 쿵쿵하는 천둥소리도 들려왔다.

"어머, 어떻게 해. 번개 치는 것까지 아까랑 똑같아. 아, 몰라,

몰라. 다시 교과서로 빨려 들어가면 어떻게 해. 만약 그렇게 되면 다 너 때문이야."

다솜이가 초조한 마음에 발을 굴러 댔다.

"에이, 설마. 과학 교과서에서 나온 지 얼마나 됐다고 또 들어가겠어. 으음, 그리고 누가 이렇게 될 줄 알았나."

환이가 입술을 삐죽 내밀었다.

환이와 다솜이는 사회 교과서를 차례대로 넘겨 보았다. 군데군데 구멍이 나 있고, 여기저기 낙서가 선명했다. 교과서 모서리에는 조그맣게 고양이 그림이 그려져 있었다. 그 옆에는 '미오의 대모험 2'라고 적혀 있고, 과학 교과서에서 보았던 마스터 M도 보였다.

"앗, 이건 미오랑 마스터 M이잖아?"

다솜이의 크고 동그란 눈이 더욱 크게 동그래졌다.

"이럴 때일수록 침착해야 해. 과학 교과서 때도 교과서로 빨려 들어간 다음에 교과서에 나오는 여러 가지 지식을 물어봤잖아. 이번에도 그럴 수 있어. 음, 환이 너 사회는 좀 알아?"

환이가 고개를 절레절레 흔들었다.

"아니. 사회는 재미도 없고 어렵기만 하잖아. 도대체 사회를 왜 배우나 모르겠어."

"아아, 어쩌지. 그래도 기본적인 건 알아야 하는데……. 너 자연환경하고 인문 환경이 어떻게 다른 줄은 알아?"

환이가 뚱한 표정으로 되물었다.

"자연환경? 인문 환경? 그게 다 뭔데?"

하아, 하는 긴 한숨 소리와 함께 다솜이가 침을 꿀꺽 삼켰다.

"환아, 자연환경은 산, 들, 바다, 강 같은 자연 상태나 비, 눈, 바람, 기온 같은 날씨를 말해. 인문 환경은 자연환경을 이용해서 사람들이 논, 밭, 다리, 도로, 댐 같은 걸 만든 거고."

다솜이가 손가락을 까딱 세우면서 설명했다.

"학교도 인문 환경이야?"

환이의 질문에 다솜이가 고개를 끄덕였다.

"도서관은?"

"도서관도."

"금붕어는?"

"아이참, 금붕어는 아니지. 금붕어는 자연에서 저절로 생겨난 것도 아니고 인문 환경도 아니잖아."

콰콰쾅, 천둥이 또다시 쳤다. 밖에서는 장대비가 새카맣게 쏟아졌다.

"흠, 그렇군. 그러니까, 아무것도 손대지 않은 자연 상태가 자연환경이고, 자연을 이용해서 무언가를 만들면 인문 환경이라는 거지?"

"응. 그리고 음, 또 뭐가 있지?"

다솜이가 사회 교과서를 마구 넘기면서 중얼거렸다.

"아휴, 어렵다, 어려워. 사회가 도대체 뭔데 이렇게 복잡하냐고……."

환이가 긴 한숨을 내쉬었다.

"환아. 이건 기본 중의 기본이야. 사회는 우리가 함께 어우러

져서 살아가는 데 꼭 필요한 걸 배우는 과목이야."

"으음, 근데 왜 이렇게 어려운 건데? 모르는 말투성이야."

환이는 고개를 절레절레 흔들었다.

"학교도 사회고, 나라도 사회야. 사회에서는 함께 지켜야 할 약속 같은 게 있는데, 그걸 사회 질서라고도 하지. 이런 모든 걸 배워야 하니까 어려울 수밖에 없지. 그리고 또……."

하지만 다솜이 설명은 안 듣고 환이는 딴 곳을 보고 있었다.

"환아, 안 듣고 뭐 해?"

"다솜아, 저기 봐!"

기다랗고 까만 꼬리가 책꽂이 사이로 나타났다가 사라졌다.

"어머! 미오다, 미오."

다솜이의 눈이 휘둥그레졌다. 야옹, 야옹, 가느다랗게 울어 대는 고양이 울음소리가 천둥소리를 뚫고 들려왔다. 미오는 아이들을 교과서 세상으로 이끈 신비한 고양이였다. 미오가 환이와 다솜이에게 천천히 다가왔다. 미오의 눈가에 물기가 촉촉하게 맺혀 있었다.

"미오야, 울었어? 왜, 무슨 일 있었어?"

다솜이가 미오를 가만가만 쓰다듬었다. 미오가 다솜이의 손에 머리를 비볐다.

"이것 좀 봐!"

미오는 입에 조그만 크레파스를 하나 물고 있었다.

"보라색 크레파스잖아?"

"환아, 여기 봐. 크레파스에 뭐라고 씌어 있어."

깨알같이 작은 글씨가 크레파스에 적혀 있었다. 환이와 다솜이
가 크레파스를 집어 드는 순간, 글자들이 황금색으로 찬란하게
반짝거렸다. 환이와 다솜이는 반짝이는 글자들을 함께 읽었다.

위대한 개척자님, 도와주세요.
교과서 세상이 빛을 잃었어요.

다솜이와 환이가 서로 얼굴을 마주 보았다. 그 순간, 환이의 사회 교과서에서는 밝은 빛이 세차게 뿜어져 나왔다.

"으아아, 눈부셔!"

다솜이와 환이는 미오와 함께 환이의 사회 교과서 속으로 빨려 들어가 버렸다. 그 순간 텅 빈 도서관 구석에서 날카로운 눈빛이 번쩍, 하고 빛났다. 검은 모자를 쓰고, 마법사 옷을 입은 마스터 M이었다.

"후후, 다시 시작되었어. 지난번 과학 교과서는 무사히 빠져나왔지만, 사회 교과서는 그렇게 안 될걸? 하하하!"

마스터 M은 들고 있던 검은 모자를 벗어서 바닥에 내려놓더니, 모자 속으로 훌쩍 뛰어들었다. 휘리릭, 소리가 나면서 검은 모자와 함께 마스터 M은 흔적도 없이 사라져 버렸다. 멀리서 천둥소리가 우르릉 쿵, 소리를 내다가 멎었다.

사회(社會)는 여럿이 함께 무리를 지어서 생활하는 걸 말해. 학교도 사회고, 교실도 사회지. 친한 친구들이랑 함께 무리 지어 다니는 것도 사회라고 할 수 있어. 같은 아파트에 사는 사람들의 모임도 사회고, 골프, 테니스처럼 같은 취미를 가진 사람들의 모임도 사회야.

사	회
社	會
모임, 단체	모이다

우리는 같은 반이니까 같은 단체야.

함께 생활하는 친구들이 모여 한 반을 이루었지.

이렇듯 사회는 다양하고, 종류도 아주 많아. 사회 수업 시간에 배우는 모든 내용은 우리가 어떻게 살아가는지에 대한 설명 같은 거야. 이제 우리가 왜 사회를 배우는지 알겠지?

학교에서 내가 다른 반 애들이랑 축구 동아리를
하는 것도 사회야?

 그것도 사회지.

 흠, 우리 학교 선생님들이 항상 모여서
회의하는 것도?

 응. 당연하지. 학교도 사회니까.

 그럼 어제 복도에서 놀다가 나랑 지율이,
하민이가 같이 유리창 깬 건?

 어이구, 그건 사고지.

사회를 다른 말로는 공동체(共同體)라고도 해. 먼저 공동(共同)이란 여럿
이 같은 뜻을 가진 걸 말해. 공동체는 여러 사람이 같은 목적, 같은 뜻으로
모인 모임을 말하지. 보통은 두 사람 이상이 모인 걸 공동체라고 하고 서
로 가까이 지내며 생각과 문화를 공유해.

공동(共同) : 여러 사람이 함께 같은 뜻으로 모임
공동체(共同體) : 같은 뜻을 가진 사람들이 모인 단체나 사회
공동 주택(共同 住宅) : 아파트나 기숙사처럼 건물 하나를 여럿이 나눠서 쓰는
형태의 집

공	동	주	택
共	同	住	宅
여러 사람	같이	사는	집

우리는 같은 건물에 살아.

여러 사람이 같이 사는 집이지.

특히 '공동'이란 말은 우리 생활에서 다양하게 자주 쓰여. 공동, 공동체, 공동 주택, 이렇게 공동이란 말이 들어가면 같은 목적을 가진 여러 사람이란 뜻으로 이해하면 돼.

 우리 엄마는 공동 구매를 자주 하는데, 여기에도 여러 사람이란 뜻이 들어 있어?

응. 공동 구매는 여러 사람이 함께 물건을 사는 거니까.

 우리 엄마가 그러는데, 여럿이 같이 사면 물건을 좀 더 싸게 살 수 있대.

맞아. 한 번에 물건을 많이 사니까 가격을 할인받는 거야.

 아, 이제 알겠다. 그럼 여러 사람이 묻혀 있는 공동묘지는 같이 있으니까 한 명만 좀비가 되어도 다 좀비가 되겠네.

뭐? 못 말려, 진짜…….

다음 단어를 넣어서 짧은 글을 지어 봐.

보기	사회, 공동

다솜이 : 선생님이 다음 사회 시간까지 우리 고장의 지도를 그려 오라고 숙제를
내 주셨어.

환이 : 그래서 이 천재님이 건의했잖아. 모둠이 공동으로 하면 안 되냐고 말이지.

나 :

지도가 뭔데?

환이는 놀란 눈으로 주변을 두리번거렸다. 눈에 보이는 곳마다 군데군데 찢어지고 낙서가 되어 있었다. 엉망진창으로 그려진 낙서도 몹시 익숙했다. 이곳은 바로 환이의 사회 교과서였다.

"으아아, 결국 또……."

환이에게는 너무나 익숙한 사회 교과서였지만, 딱 하나 이상한 게 있었다. 바로 색깔. 색이 있는지 없는지 헷갈릴 정도로 온통 희미했다. 환이를 제외하고는 희끄무레한 게 빛이 바랜 느낌이 들어서 칙칙하고 생기가 없어 보였다.

"뭐야. 이 흑백 사진 같은 풍경은?"

환이는 낯선 풍경에 어리둥절했다.

"그나저나 다솜이는 어디 갔지?"

다솜이는 어디로 갔는지 보이지 않았다. 그때 빨간 테두리로 반짝거리는 투명창이 허공에 나타났다.

> **위대한 개척자님, 게임을 시작하시겠습니까.**

"뭐야. 벌써? 아직 준비가 안 됐다고!"

> **위대한 개척자님, 사회 교과서 세상이 마스터 M의**
> **마법에 걸려 빛을 잃었습니다. 위대한 개척자님의 공부가**
> **이 세상을 구원해 줄 것입니다.**

"마스터 M의 마법은 과학 교과서에서 끝난 거 아니었어? 마지막 문제도 맞혔는데……."

환이가 고개를 갸우뚱했다.

"서둘러, 환이야!"

힘없는 가느다란 여자애 목소리가 작게 들려왔다.

"으응? 방금 다솜이 목소리였던 거 같은데? 다솜아, 박다솜!"

환이가 다솜이를 찾기 위해 주변을 마구 두리번거렸다.

"어디?"

발밑에서 다솜이의 말소리가 났다. 한 10㎝쯤 되려나, 자그마한 다솜이가 손을 세차게 흔들고 있었다. 환이는 작아진 다솜이 앞에 쪼그려 앉았다.

"뭐야. 너 진짜 다솜이 맞아?"

환이가 킥킥 웃었다. 환이가 내뿜는 콧바람에 다솜이는 날아갈 것 같았다.

"우히히히, 엄지 공주가 됐네."

환이의 말에 다솜이가 화를 참지 못하고서 세차게 양팔을 휘둘렀다.

"너 지금 웃음이 나와? 이게 다 누구 때문인데!"

다솜이가 때리는 주먹에 환이는 전혀 꿈쩍하지 않았다.

"뭐라고? 안 들려?"

환이가 좀 전보다 더 크게 킥킥 웃었다.

그때 다솜이의 머리 위로 말풍선이 하나 나타났다.

**환이 님, 이번 사회 학습을 도와줄 학습 도우미
다솜 님에게 고맙다고 인사하세요.**

"으으으응? 다솜 님에게 고맙다고 인사하라고? 이건 또 뭐야?"

"그거 내가 만든 거야."

"이걸 네가 만들었다고? 어떻게?"

다솜이는 환이의 손바닥에 폴짝, 뛰어올랐다가 어깨까지 기어 올라갔다.

"내가 너의 학습 도우미잖아. 아무래도 너를 도우라고 나에게 신비한 힘이 조금 생겨난 모양이야."

다솜이가 어깨를 으쓱하면서 말했다.

"아무튼 이번에는 잘 좀 해! 지난번엔 마스터 M에게 간신히 도망친 거지, 문제를 다 푼 건 아니잖아."

환이가 지난번 과학 교과서 세상에서 마스터 M이 낸 문제를 모두 맞히긴 했지만, 마지막 문제에서 시간을 지체하는 바람에 환이와 다솜이는 바닥 아래로 떨어져 버렸다. 그런데 그 순간 교과서 세상에서 열심히 키운 마법의 애벌레가 나비가 되어서 다솜이와 환이를 구해 주었다.

"이곳에서도 마스터 M의 마법이 작용하는 것 같아."

"그래서 이렇게 주변 색이 물 빠진 것처럼 바랜 건가 봐."

환이가 우중충한 날씨 같은 교과서 세상을 바라보았다.

"네가 해결해야 해. 내가 도와줄 테니까 도전해 보자."

다솜이가 작지만 씩씩하게 말했다.

환이 앞에 빨간 테두리의 투명창이 반짝거렸다.

> **위대한 개척자님, 가까운 고장을 먼저 탐험하시겠습니까.**

"아아, 시작됐다."

환이는 긴장한 나머지 발을 쿵쿵 굴렀다.

"야아아아, 어지러워. 가만히 좀 있어 봐."

다솜이가 환이의 머리카락을 잡아당기면서 소리쳤다.

> **우리 고장에는 시민들을 위한 여러 가지 시설이 있습니다.**
> **시설들을 둘러본 다음, 문제를 풀어 보세요.**
> **문제를 맞히면 10금화가 주어집니다.**

투명창에는 도서관, 행정복지센터, 학교, 공원, 체육관 같은 그림 카드가 나타났다.

"흠, 저 많은 곳을 언제 다 보지? 한 곳만 둘러보고 문제를 풀 수는 없나?"

환이가 중얼거렸다.

"우릴 도와줄 사람이 있을 거야."

"어디에?"

"어디긴 행정복지센터지. 주민을 돕는 일을 하는 곳이잖아."

다솜이의 말을 듣고 환이는 투명창에 나타난 여러 공공시설 중에 행정복지센터 카드를 선택했다. 카드를 선택하자마자 놀랍게도 순식간에 주변 풍경이 바뀌었다.

환이는 어느새 작은 건물 입구에 서 있었다. 간판에는 행정복지센터라고 씌어 있었다. 환이는 문을 열고 들어가는 할아버지 뒤를 얼른 따라갔다. 밖과 마찬가지로 내부와 사람들 모두 색이 희미했다.

"어때. 환아, 준비됐어?"

"하아, 내가 할 수 있을까?"

"응. 할 수 있어. 내가 도와줄게."

다솜이가 환이에게 힘주어 말했다.

"안녕하세요. 무엇을 도와드릴까요?"

두리번거리는 환이에게 직원이 다가와 친절하게 물었다. 환이 앞에 줄을 서 있던 할아버지를 보고는 다른 직원은 휠체어를 가져다주었다. 직원들 모두가 행정복지센터에 온 사람들을 친절하게 도와주었다.

"우리 고장을 둘러보고 싶어요."

환이가 말했다.

"고장의 어떤 곳을 보고 싶으신가요?"

"고장 전체를 보고 싶다고 해."

다솜이가 환이의 귀에 대고 말하자 환이가 대답했다.

"전체요. 우리 고장을 한꺼번에 보고 싶어요."

"그러면 우리 고장을 나타낸 지도를 살펴보시거나 높은 곳에 올라가서 보시는 게 좋겠네요. 어떻게 하실래요?"

"어, 아저씨, 저는 지도 볼 줄 몰라요."

환이가 지도를 볼 줄 모른다는 소리를 하자마자 주변 사물들이 부르르 떨리면서 사방이 요란하게 흔들렸다. 행정복지센터에 모여 있던 사람들이 꺄아악, 소리를 지르면서 대피할 정도였다. 다솜이는 환이 어깨 위에 올라서 있다가 균형을 잃고 하마터면 땅바닥으로 떨어질 뻔했다. 다솜이는 환이의 머리카락에 대롱대롱 매달리면서 소리쳤다.

"앗, 환아! 여긴 네가 만든 교과서 세상이야. 네가 문제를 맞혀야 마스터 M의 마법이 풀리는데, 네가 모른다고 하니까 교과서 세상에 난리가 나잖아."

"진짜? 근데 어떡해……. 난 지도는 진짜 몰라."

"그러게 누가 수업 시간에 교과서에 낙서하면서 놀래? 휴, 시간이 없으니까 짧게 설명할게."

다솜이가 급한 마음에 행정복지센터에 있는 신청서와 펜을 환이에게 가져오라고 말했다. 그러고는 종이 위로 내려와 자기 키만 한 펜을 들어 힘겹게 숫자 4를 적었다.

"환아, 집중해서 잘 들어. 지도가 어려워 보이긴 해도 몇 가지만 기억하면 돼."

"웬 숫자 4? 숫자 4는 갑자기 왜?"

환이는 침을 꿀꺽 삼켰다.

"으이구, 그럴 줄 알았어. 이건 그냥 숫자 4가 아니야. 지도에서 동, 서, 남, 북 네 가지 방향을 가리키는 방위표지."

"방위표? 방위표가 뭔데?"

"방위표란 위치와 방향을 알려 주는 표란 뜻이야. 그럼 방위는 뭐겠어?"

"위치와 방향?"

환이가 혀를 내밀면서 슬며시 웃었다.

"맞았어. 방위표 4를 기준으로 위쪽은 북쪽, 아래쪽은 남쪽이야. 오른쪽은 동쪽이고, 왼쪽은 서쪽이지."

"뭐? 그게 다 뭐야. 너무 복잡해."

환이가 고개를 절레절레 저었다.

"안 복잡해. 너를 기준으로 설명해 볼게. 왼손 들어 봐."

"왼손? 이렇게?"

환이가 왼손을 어깨와 나란하게 들었다.

"네 왼쪽은 서쪽이야. 반대쪽인 오른쪽은 뭐겠어?"

"으음, 동쪽인가?"

"그래. 동쪽이야. 위쪽은 북쪽, 아래는 남쪽이야. 알겠지?"

"으음, 알겠어. 동, 서, 남, 북."

환이는 동, 서, 남, 북 네 방향을 머릿속으로 가늠해 보았다.

"지도에는 이렇게 글자 대신 기호를 써서 나타내."

"기호라고?"

"응. 땅 위에 있는 많은 사물을 지도에 나타내야 하잖아. 하지

만 원래 크기대로 그릴 순 없으니까 다양한 기호를 사용해서 상
징적으로 나타내는 거야."

"하아, 다솜아. 지도는 역시 너무 어려워."

"어렵지 않아. 지도를 자주 보지 않아서 낯설 뿐이야. 어려운
게 아니야. 차 타고 어디 갈 때 내비게이션 쓰잖아. 그 내비게이
션도 지도야. 지도 위에 길을 나타낸 거지."

"아, 정말? 나 그거 아빠 차에서 봤어. 그것도 지도구나? 그건
되게 조그맣던데?"

"맞아. 지도는 사물을 원래 크기대로 종이에 모두 나타낼 수
없으니까 크기를 확 줄여서 표현한 거야. 대신 누가 봐도 알아
볼 수 있도록 이해하기 쉽게 그려야겠지. 예를 들면……."

하지만 다솜이가 미처 예를 들어서 설명하기도 전에 다음 투
명창이 나타났다.

> **다음은 지도에 사용되는 기호를 나타낸 것입니다.**
> **기호의 뜻을 카드에 써 넣으세요. 카드를 모두 맞히면**
> **10금화를 획득할 수 있습니다.**

투명창 옆에는 마법의 깃털 펜이 둥둥 떠 있었다.

"예를 들면 뭐?"

환이가 물었지만, 다솜이는 대답 대신 입을 가리키면서 고개를 마구 흔들어 댔다.

"으읍, 읍."

"뭐야. 왜 말을 안 해."

다솜이는 한사코 고개를 저었다.

"설마 말 못 하는 거야?"

다솜이가 고개를 마구 끄덕거렸다. 환이가 한숨을 길게 내쉬었다.

"으으, 뭐야. 이번 모험에서는 내가 문제 풀 때 네가 말을 못하나 보네……."

환이의 말처럼 다솜이는 환이가 문제를 다 풀기 전까지는 힌트를 줄 수 없었다. 문제는 환이가 혼자 힘으로 해결해야 했다.

> **위대한 개척자님이 문제를 못 맞힐 경우,**
> **교과서 세상에 그대로 남아 있어야 합니다.**

"앗, 안 돼. 그건 싫어."

환이가 하아, 하고 긴 한숨을 쉬었다. 허공에는 카드가 여러

장 나타났다.

"쓰읍, 전에 수업 시간에 배운 것 같기도 하고……. 기억이 날 듯 말 듯 해."

환이는 곰곰이 생각에 잠겼다.

'땅 위에 있는 모든 건물을 지도에 일일이 그릴 수 없다면 아까 다솜이가 설명한 것처럼 간단히 그려야 해. 아마 교회를 나타내고 싶다면 십자가를 그릴 거고, 학교라면 운동장에 걸린 태극기처럼 깃발을 그려서 표현할 거야.'

"알겠어. 한번 해 볼게."

환이가 답을 부를 때마다 마법의 깃털 펜이 움직이며 카드에 내용을 받아 적었다.

"이렇게 깃발이 달린 건 학교야. 이 십자가는 교회를 말하는 거겠지?"

다솜이는 환이가 기호의 답을 맞힐 때마다 폴짝폴짝 뛰면서 좋아했다.

"아, 맞다. 이건 우체국이야. 우체통에 새 모양이 그려져 있는 거 봤어. 그리고 이건 열매가 열린 것처럼 생겼으니까 과수원?"

다솜이가 두 팔로 커다란 동그라미를 그려서 맞았다고 알려 주었다.

"김이 모락모락 나는 건 온천이고, 초록색 십자가 표시가 있는 건 병원이지. 이 모양은 병원 갈 때마다 봤어."

환이는 내친김에 나머지 기호들의 답도 말했다. 환이가 가장 헷갈리는 건 두 가지, 논과 밭이었다.

"이건 뭘까. 으음, 논은 네모반듯하게 생겼지? 그럼 이 중에 뭐가 논이지?"

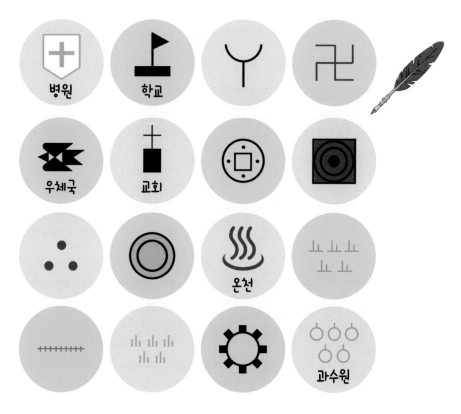

* 정답은 166쪽에서 확인하세요.

처음에는 아무거나 찍었다가 다솜이가 환이의 어깨 위에서 발을 구르고 야단하는 바람에 다시 답을 말해야 했다.

"아, 알겠어. 알겠어. 시골 갔을 때 밭에 씨앗 심었던 기억이 난다. 밭에 줄줄이 길이 패여 있던데……. 이게 밭이겠네?"

다행히 이번에도 맞았다.

"그럼 남은 하나가 논!"

시간이 꽤 걸렸지만, 그래도 꼼꼼하게 하나씩 고민하고 애쓴 덕분에 환이는 결국 모든 기호에 뜻을 써넣을 수 있었다.

"드디어 다했다. 다 맞은 건가?"

환이가 침을 꿀꺽 삼켰다.

순간 짤랑짤랑, 경쾌한 소리를 내면서 공중에서 금화가 떨어져 투명창 속으로 빨려 들어갔다.

"하아, 잘했어. 환아. 생각보다 잘하는걸? 다행이야. 이번 모험은 지난번보다 오히려 빨리 끝나겠어."

다솜이에게서 그제야 말이 다시 터져 나왔다.

"아니야. 이번은 지난번보다 더 어려운 것 같아. 역시 사회는 어려워."

환이가 고개를 저었다.

"과학 교과서 때도 넌 어렵다고 했지만, 잘 해냈잖아. 이번에도 잘할 거야."

다솜이가 방긋 웃었다.

"어, 다솜아. 근데 너 조금 커진 것 같다. 아까는 엄지손가락만 했는데, 지금은 이만해."

환이가 다솜이 옆에서 검지와 엄지를 살짝 벌렸다가 크게 늘려 보였다.

"어머, 환이 네가 문제를 맞힐 때마다 나도 같이 커지는가 보다! 나도 내 모습으로 얼른 돌아가고 싶어. 그러니 문제를 빨리 맞혀."

"알겠어. 내가 후다닥 다 맞혀 줄게. 하하, 나만 믿어."

환이와 다솜이가 기쁨을 누리는 사이에 교과서 세상은 한층 밝아져 있었다.

지도는 뭘까? **지도**(地圖)는 땅의 표면 일부를 줄여서 그린 그림이야. 지도는 그러니까 말 그대로 땅을 그림으로 나타낸 걸 말해.

지	도
地	圖
땅	그림

우리가 사는 이 땅을 그린 그림이 바로 지도야.

땅이라는 뜻의 **지**(地)와 그림이라는 뜻의 **도**(圖)가 들어간 단어들을 살펴보자.

지역(地域) : 땅을 나눈 어느 구역   **지방**(地方) : 어느 방면의 땅
도형(圖形) : 그림이나 모양   **도면**(圖面) : 건물을 지을 때 참고하는 그림

한번 생각해 봐. 땅 위의 여러 건물, 산이나 자연을 평평한 종이 위에 나타내야 한다면 그 큰 건물들을 어떻게 그릴 수 있겠어. 그만큼 커다란 종이도 없는데 말이야. 당연히 크기를 적당하게 줄여야겠지? 이때 어느 정도 줄여서 그릴 것인지 약속한 게 바로 **축척(縮尺)**이야.

축	척
縮	尺
줄이다	자, 재다

이건 너무 커서 종이에 그대로 표현하기 힘들어. 크기를 줄여서 표현하면 어떨까?

줄인다는 뜻의 축(縮)과 다르게 쌓는다, 모은다는 뜻의 축(蓄)도 있어.

저축(貯蓄) : 절약하여 모아 둠　예) 돈을 차곡차곡 저축해야 부자가 되지.
축적(蓄積) : 많이 모아서 쌓아 둠　예) 부자는 부를 축적한 사람이야.

그럼 **척**(尺)은 뭘까. 척은 자처럼 길이를 잴 수 있는 단위야. 지금이야 외국에서 사용하는 길이를 재는 단위인 센티미터(㎝), 인치(in)를 많이 사용하지만 옛날에는 한 척, 두 척, 이렇게 세기도 했어. 이때 1척은 약 30.3㎝ 정도래.

척(尺) : 자, 길이 　　　**척도**(尺度) : 자로 잰 길이 또는 기준
예) 저축한 돈이 얼마나 많은지를 보면 부자인지 아닌지 알 수 있어. 저축은
　　부의 척도거든.

만약 1m의 사람을 1㎝로 줄인다면 2m인 사람은 몇 ㎝로 줄일 수 있을까? 그래, 2㎝야. 만약 가로가 10m인 건물이 있으면, 지도에선 가로 10㎝짜리로 나타낼 수 있겠지. 이런 게 바로 '축척'이야.

다솜아, 너 《삼국지》라는 책 알아? 주인공인 관우의 키가 8척이었대. 키가 80㎝라는 거지? 나보다 키가 작네. 히히.

아니야. 척하고 센티미터는 전혀 달라. 1척이 약 30.3㎝였으니까 대충 30㎝라고 치면, 8척은 얼마겠어?

음, 모르겠는데?

으이구, 240㎝잖아.

으아아아, 진짜? 그럼 거인이잖아? 말도 안 돼.

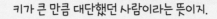 키가 큰 만큼 대단했던 사람이라는 뜻이지.

 좋아. 그럼 나도 거인이 되기 위해서 오늘부터 밥을 많이 먹어야지.

길이를 잴 때 치라는 단위도 쓰는데, 치와 관련된 관용어를 살펴보자.

1치 = 3.03㎝

한 치 앞도 모른다. = 약 3㎝ 앞도 모른다.
⋯ 앞일이 어떻게 될지 모른다.
세 치 혀를 잘못 놀리다. = 약 9㎝ 혀를 잘못 놀리다.
⋯ 짧은 혀로 함부로 말하다.

지도는 여러 가지 다양한 기호를 써서 중요한 건물이나 땅을 표시하고 있어. 산도 있고, 기찻길도 있고, 강도 있지. 지도에서 사용한 기호를 모아 놓은 네모 상자를 범례(凡例)라고 불러. 주로 지도 왼쪽 아래에 표시해.

 병원   학교    소방서   사찰

범(凡)에는 보통이라는 뜻이 있어. 범(凡)이 들어간 단어들을 살펴보자.

평범(平凡) : 서로 엇비슷한 상태   **비범**(非凡) : 평범하지 않고 특별히 뛰어남

등고선(等高線)은 지도에서 같은 높이끼리 이어 놓은 선을 말해. 평면도에 땅의 높고 낮음을 표시하는 가장 좋은 방법이지. 등고선으로 표시할 때 높은 곳일수록 진한 고동색으로 칠하고, 낮은 곳일수록 초록색으로 칠해. 색이 연하다면 낮은 곳이라는 뜻이 돼. 그리고 선 사이가 좁은 곳은 급경사이고, 선 사이가 넓은 곳은 완만한 지형이야. 선에 따라 숫자를 적어 높이도 나타내.

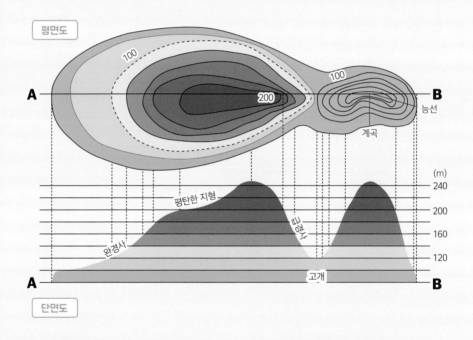

등고선에서 등(等)은 '가지런하다, 똑같다'라는 뜻이 있어. 등(等)이 들어간 낱말들은 모두 똑같다, 같다, 가지런하다, 이런 뜻으로 쓰이지. 예를 살펴보자.

등고선(等高線) : 높이가 같은 선

등호(等號) : 같다는 뜻의 기호

⋯ 4와 5의 합은 9이다. / 4+5=9

등식(等式) : 서로 같음을 나타내는 식

평등(平等) : 차별이 없이 서로 같음

남녀평등(男女平等) : 남자와 여자가 서로 평등하다. 법적으로 동등하다.

남	녀	평	등
男	女	平	等
남자	여자	곧다, 평평하다	똑같다

남자와 여자는
평등하니까
아이스크림도
나눠 먹으면 어때?

그건
아니거든!

다양한 지도

한바탕 소동과 함께 문제를 다 풀고 나자 행정복지센터 직원이 환이에게 다시 물었다.

"어떻게 하시겠습니까. 지도 보는 걸 포기하시겠습니까."

행정복지센터 직원의 눈이 순간, 날카롭게 빛났다.

"금화를 하나라도 더 모아야지. 어서 지도를 보여 달라고 해."

다솜이가 환이의 귀에 대고 소곤거렸다.

"아니요, 보여 주세요. 볼게요."

환이가 말했다.

"좋습니다. 그럼 가장 쉬운 그림지도부터 보여 드리겠습니다."

행정복지센터 직원이 가볍게 박수를 두 번 치자 퐁, 소리가 나면서 다시 투명창이 떠올랐다.

"뭐? 뭐라고?"

환이가 다솜이를 쳐다보았지만, 다솜이는 입을 가리키면서 고개를 흔들었다. 말을 할 수 없단 뜻이었다.

"뭐야. 방금까진 잘만 떠들더니……."

허공에서 숫자가 카운트되기 시작했다. 하나, 둘, 셋······. 환이의 발밑이 부르르 떨렸다.

"어머, 지진인가 봐."

행정복지센터에 있던 사람들은 모두 다시 책상 아래로 급하게 대피했다. 다들 책상 아래에 숨어서 환이만 빤히 바라보고 있었다. 환이에게 빨리 문제를 맞히라고 눈으로 말하고 있었다.

"우리 고장을 그린 건 똑같아. 똑같이 학교도 있고, 집도 있고, 행복산도 있잖아? 둘 다 똑같이 우리 집, 학교, 행복산을 그렸는데, 어, 그런데, 왜 다를까. 음······."

숫자는 그새 일곱까지 갔다.

다솜이가 환이의 어깨에서 쿵쿵 뛰어 댔다. 다솜이는 자신을 한 번 가리켰다가 환이를 또 한 번 가리켰다. 환이는 고개를 갸웃거리다가 문득 다솜이가 어떤 힌트를 주고 있는지 생각났다.

"아, 맞다. 기준!"

헉, 소리를 내면서 환이가 재빨리 대답했다.

"아까 다솜이가 기준이란 말을 했어. 우진이랑 하은이는 각자 자기 집을 기준으로 그린 거야. 하은이는 하은이네 집을 기준으로 그렸고, 우진이는 우진이네 집을 기준으로 그린 거지. 똑같은 장소를 그려도 어디가 기준이 되냐에 따라 달라질 수 있는 거야. 맞아. 바로 그거야."

짤랑짤랑 소리가 나면서 허공에서 금화가 우수수 떨어져 내리더니 투명창으로 빨려 들어갔다. 그리고 동시에 사방이 밝아졌다.

"오, 교과서 세상이 조금 밝아졌어. 색이 입혀진 것 같아."

"잘했어. 환아. 네가 문제 맞힐 때마다 색이 돌아오나 봐."

다솜이도 팔짝팔짝 뛰면서 좋아했다.

"문제를 맞히셨군요. 좋습니다. 그럼 이제 높은 곳에서 우리 고장을 살펴보시지요."

행정복지센터 직원은 딱, 소리가 나게 손가락을 튕겼다. 순간, 환이의 발밑이 투명해지는가 싶더니, 아래로 아득하게 작은 마을 하나가 내려다보였다. 높다란 교회의 십자가도 보이고, 학교 운동장도 보였다.

"드아아아아. 이게 뭐야. 아이, 깜짝이야!"

환이가 깨금발로 콩콩 뛰었다.

"아이참, 호들갑 떨기는……. 괜찮아."

다솜이가 조그만 목소리로 야단했다. 다행히도 발밑은 투명한 유리처럼 무언가로 막혀 있었다. 다솜이와 환이는 높은 하늘에 떠 있는 것처럼 아래를 내려다볼 수 있었다.

"저건 우리 학교잖아?"

"정말 우리 학교네?"

환이와 다솜이가 다니는 초록별 초등학교가 바로 눈에 띄었다.

"으으, 무서워. 난 높은 덴 딱 질색이라고."

둘은 발아래로 펼쳐진 고장을 내려다보았다. 환이가 낙서를 해 놔서 학교 운동장 한가운데에 구멍이 뻥 뚫려 있었다.

"이렇게 보니까 알겠다. 우리 마을이 어떻게 생겼는지 한눈에 보여."

"맞아. 전체적인 모습을 보려면 이렇게 높은 곳에서 내려다보면 좋아. 하지만 하나하나 자세하게 보려면 가까이에서 보는 게 좋지."

다솜이가 설명하는데 우웅, 우웅, 소리를 내면서 복잡하게 생긴 거대한 기계가 환이와 다솜이 밑을 지나갔다.

"어, 저건 뭐야?"

환이는 처음 보는 기계를 보면서 손을 흔들었다. 다솜이도 환이의 어깨 위에서 같이 손을 흔들었다.

"저건 드론이야. 우리 고장을 촬영하고 있는 것 같아."

다솜이가 설명해 주었다. 드론은 부지런히 하늘을 가로지르면서 환이와 다솜이 발아래에 펼쳐진 모습을 찍었다.

"이처럼 높은 하늘에서 찍은 자료를 항공 사진이라고 해. 지구 밖에서는 인공위성이 우리 지구를 촬영하며 다양한 정보를 보내 주고 있지. 그럼 항공 사진과 지도는 무엇이 다를까?"

다솜이가 대뜸 물었다.

"똑같은 거 아니야? 어차피 지도도 땅 위에 있는 걸 그대로 나타내는 거잖아."

환이가 대답했다.

"아니야, 달라. 항공 사진은 인공위성처럼 위에서 아래를 찍은 사진이고, 지도는 기호를 써서 평평한 면에 나타낸 거야."

다솜이의 설명을 따라 말풍선에는 인공위성이 찍은 사진과 지도가 나란히 펼쳐졌다.

항공 사진

지도

"이 둘은 같은 곳이야. 항공 사진은 위에서 내려다보는 거라서 전체적인 모습을 한눈에 알아보기 쉬워. 지도는 누구나 쉽게 이해할 수 있도록 종이 같은 평면에 기호를 써서 나타내.

어때? 이해돼?"

"아니……."

환이는 가볍게 고개를 저었다.

"에구, 어쩔 수 없어. 지도가 익숙해지려면 자꾸 봐야 해. 너,
그럼 연습 문제를 더 풀어 볼래?"

"아니, 나 다 알았어. 이제 충분히 알아."

다솜이의 말에 환이가 손을 마구 내저었다.

"다 살펴보셨나요?"

직원이 환이를 불렀다. 환이가 서 있는 바닥은 눈 깜짝할 새에
다시 평범한 바닥으로 돌아와 있었다.

"예. 다 봤어요."

환이가 고개를 끄덕였다.

"그럼 인공위성으로 찍은 디지털 영상 지도도 보시겠습니까?"

행정복지센터 직원이 환이에게 물었다.

"디지털 영상 지도요? 네, 좋아요."

직원은 환이에게 태블릿 PC를 하나 내밀었다. 화면에는 디지
털 영상 지도가 펼쳐져 있었다. 방금 환이가 하늘에서 내려다보
았던 환이네 학교와 운동장, 마을, 아파트가 화면에 담겨 있었
다. 환이와 다솜이는 마우스를 움직여서 지도를 크게도 해 보고,

작게도 해 보면서 한참 동안 살펴보았다. 집중해서 지도를 보는 와중에, 순식간에 태블릿 PC가 사라졌다.

"뭐야, 갑자기?"

환이가 정신을 차릴 틈도 없이 갑자기 깜깜해지더니 우르릉, 소리가 나면서 사방이 삽시간에 좁아졌다. 그리고 동굴처럼 어둡고 구불구불한 길이 나타나자, 환이 눈이 동그래졌다.

"앗, 또 시작인가?"

> **위대한 개척자님, 다음 문제에서 옳은 길을 따라가십시오.**
> **무사히 길을 빠져나가면 30금화를 획득할 수 있습니다.**

주어진 길을 따라 쭉 내려가니, 첫 번째 문제가 나왔다.

> **같은 장소를 표현해도 바라보는 위치나 거리가 달라지면**
> **다른 모습으로 보이게 됩니다.**
> **위 내용이 맞으면 왼쪽, 틀리면 오른쪽을 선택하세요.**

"음, 이건 맞는 내용이야. 아까 똑같은 장소를 나타내도 기준이 달라지면 모습이 달라졌잖아. 그러니까 기준이 어디인가에 따라서 위치나 거리는 달라질 수 있어."

환이가 왼쪽으로 가자 쿠쿵, 소리를 내면서 다시 구불구불한 길이 시작되었다.

"오오, 맞았다. 하아, 다행이다."

다솜이도 좋아서 팔짝팔짝 뛰었다. 곧이어 창이 나타났다.

> **디지털 영상 지도는 위성 사진이나 항공 사진이 없어도 만들 수 있습니다.**
> **위 내용이 맞으면 왼쪽, 틀리면 오른쪽을 선택하세요.**

"아니야. 아까 디지털 영상 지도를 볼 때 위성이 찍은 영상이나 항공 사진과 비슷했어. 그러니까 이건 오른쪽."

환이가 오른쪽 길로 발을 내딛자마자, 다음 창이 나타났다.

> **디지털 영상 지도를 확대하면 구체적이고 자세한 모습을 볼 수 있습니다.**
> **위 내용이 맞으면 왼쪽, 틀리면 오른쪽을 선택하세요.**

환이는 잠깐 딴생각에 빠졌다가 무심결에 그만 오른쪽 길로 들어서고 말았다. 바닥이 요란한 소리를 내면서 부르르르 떨리고 사방이 진동하기 시작했다. 즉, 틀렸다는 뜻이었다. 다솜이가 환이의 머리카락을 있는 힘껏 잡아당겼다.

"으아아아아, 아니야. 아니야. 내가 이걸 선택한 게 아니라 잠깐 가 본 거야. 나 답 알아. 이거 맞잖아. 하하하."

환이가 억지로 웃으면서 몸을 돌려 왼쪽 길로 들어섰다. 구불구불한 통로가 이어지면서 창이 하나 또 떠올랐다.

백지도에는 고장의 주요 장소와 자세한 정보가 담겨 있습니다.
위 내용이 맞으면 왼쪽, 틀리면 오른쪽을 선택하세요.

환이는 창을 보면서 고개를 갸우뚱했다. 다솜이는 안타까운 표정으로 고개를 저었다.

"백지도는 다솜이가 아직 안 알려 준 건데……. 백지도가 뭘까. 백지도, 백지도……."

환이는 한참을 백지도만 중얼거리다가 혀를 쯧, 하고 찼다.

"몰라. 이건 찍지 뭐."

그러고는 왼쪽 길로 발걸음을 옮겼다.

START

같은 장소를 표현해도
바라보는 위치나 거리가
달라지면 다른 모습으로
보이게 됩니다.

디지털 영상 지도는
위성 사진이나 항공 사진이
없어도 만들 수 있습니다.

디지털 영상 지도를
확대하면 구체적이고 자세한
모습을 볼 수 있습니다.

백지도에는 고장의
주요 장소와 자세한 정보가
담겨 있습니다.

FINISH

???

인공위성(人工衛星)이란 말은 많이 들어 봤을 거야. 인공위성이란 지구 주변을 돌면서 다양한 일을 하는 기계를 말해. 우리가 멀리 있는 사람과 이메일을 주고받고, 전화로 통화를 할 수 있고, 디지털 영상 지도를 볼 수 있는 것도 모두 인공위성 덕분이야.

아 참, 그런데 왜 위성이란 말을 썼냐고? 기억나지? 과학 교과서 대모험에서 알아봤잖아. 위성은 달처럼 행성 주변을 도는 작은 천체를 말해. 지구 주변은 달이 돌고 있고, 목성 주변은 네 개의 위성이 돌고 있지. 달처럼 이 기계도 지구 주변을 돌면서 일을 하기 때문에 위성이란 말을 쓴 거야.

물론 사람이 인공적으로 만들어 냈으니까, 인공이란 말과 위성이란 말을 합해서 인공위성이라고 부르지. 2022년 12월을 기준으로 지구에는 모두 14,710개나 되는 엄청난 수의 인공위성이 있어. 어마어마하지? 이 중에서 대한민국이 만들어 낸 인공위성은 24개야.

인공(人工)이란 말에는 이렇게 사람이 만들어 냈다는 뜻이 들어 있어. 인공 지능이란 말 들어 봤지? 요즘 유행하는 인공 지능 AI도 바로 사람이 만들어 냈기 때문에 인공이란 말과 지능이란 말이 합해진 거야. 참고로 말하면 AI는 Artificial(인공적인) Intelligence(지능)이란 말이야. 영어도 한국어와 같이 인공적인 지능이란 뜻으로 쓰고 있지.

인	공	위	성
人	工	衛	星
사람, 인간	솜씨, 일	지키다	별

과학 목적뿐만 아니라 통신, 군사, 기상 등 다양한 위성이 존재해.

사람들이 지구를 관찰하려고 저걸 만들었다니…….

인공(人工)이라는 말을 넣어서 사행시를 지어 봐.

인 : 인공 지능은 인간이

공 : 공장에서 만들어 내는 단순한 기계가 아니야.

지 : 지능도 있고, 학습도 한다니까?

능 : 능력이 대단하지.

인 : --

공 : --

위 : --

성 : --

우리 고장을 떠올리면 생각나는 것들을 마인드맵으로 그려 봐.

디지털 영상 지도를 이용해서 살펴보고 싶은 지역이 있어? 어느 지역을 살펴보고 싶은지 생각해 보고 그 지역에 대해 조사한 내용을 써 봐.

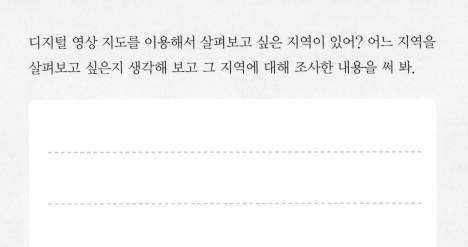

나는 부산을 살펴보고 싶어. 부산 하면 바다잖아. 바다가 아주 예쁘다는데, 디지털 영상 지도로는 어떻게 나오는지 너무 궁금해.

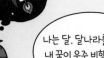

나는 달. 달나라를 보고파. 내 꿈이 우주 비행사잖아. 하하하.

백지도를 완성하라

환이는 길 끝에 놓인 낡은 문을 마주했다. 낡은 문은 삐그덕 소리를 내면서 힘겹게 열렸다.

"꺄아아아. 이건 또 뭐야."

환이의 눈앞에 그야말로 거대하고 새하얀 지도가 펼쳐져 있었다. 공중에는 백지도라는 대문짝만 한 글자가 둥둥 떠다니고 있었다. 환이가 안으로 발을 들여놓으니 투명창이 나타났다.

> 마지막 문제를 틀렸으니, 위대한 개척자님이 눈앞에 놓인 백지도를 직접 완성해 주셔야 합니다. 지도를 색칠하여 완성할 때까지 이곳에서 나오실 수 없습니다.

그 말을 끝으로 쾅, 소리를 내면서 문이 닫히고 말았다.

"아, 뭐야. 백지도는 잘 모르는데 하필 백지도 문제라니, 힝."

환이가 투덜댔다.

"아하하암⋯⋯. 아이, 피곤해."

다솜이가 늘어지게 하품했다.

"안됐지만 나는 너무너무 작아서 도와줄 수가 없네. 서둘러,
환아. 네가 이걸 다 칠해야 나갈 수 있다잖아."

환이 옆에는 어느새 대형 크레파스가 나타나 있었다.

"아아, 이 넓은 백지도를 언제 다 색칠해."

"금방 할 거야. 힘내."

다솜이는 환이에게 말 한마디 툭 던져 놓고는 백지도 한쪽 구석에 가만히 앉아서 환이를 구경했다. 갑자기 어디에서 났는지 맛있는 솜사탕을 냠냠 먹어 댔다. 다솜이의 분홍색 솜사탕은 환이가 보기에도 신비한 맛이 날 것 같았다.

"솜사탕은 어디서 난 거야? 넌 왜 같이 안 하는 건데."

"그야 여긴 내 교과서가 아니니까."

환이가 달려들어 다솜이의 솜사탕을 뺏어 먹으려다 고개를 저었다. 다솜이한테는 큼지막한 솜사탕일지 몰라도 환이한테는 솜사탕은커녕 사탕 한 입 거리도 안 됐다.

"으으, 나도 먹고 싶은데……. 솜사탕이라도 먹어야 힘내서 이걸 다 색칠하지, 그냥은 못 해, 안 해!"

환이가 흥, 하고 콧바람을 불면서 씩씩댔다. 순간, 마치 환이의 말을 듣기라도 한 것처럼 투명창이 나타났다.

위대한 개척자님, 새콤달콤 마법의 솜사탕을 먹고 싶다면
고장 조사 계획서를 써 보세요.

"조사 계획서를 써 보라고? 으음, 어떻게 하지?"

환이는 다솜이를 힐끗 쳐다보았지만, 다솜이는 모른 척 솜사탕만 맛있게 먹어 댔다. 도와주지 않겠다는 뜻이었다.

"알겠어. 전에 관찰 계획서도 썼는데 이 정도야 얼마든지 할 수 있지."

환이가 말할 때마다 마법의 깃털 펜이 내용을 받아 적었다. 환이는 마법의 깃털 펜과 함께 한참을 낑낑댔다.

* 환이의 조사 계획서는 167쪽에서 확인하세요.

"앗싸, 다 했다. 어때?"

다솜이는 어느새 솜사탕을 다 먹고 환이가 완성한 조사 계획서를 훑어보았다.

"오. 좋은데?"

"잘한 거 맞지?"

그에 맞는 대답으로 환이의 손에도 솜사탕이 하나 생겨났다.

"오오오, 생겼다. 솜사탕."

환이가 보라색으로 신비하게 빛나는 솜사탕을 맛있게 먹었다. 쪽쪽 소리를 내면서 손가락에 묻은 솜사탕까지 빨아 먹고 난 다음에야 환이는 자리에서 일어섰다.

"좋아. 이제 한번 해 보자."

환이는 백지도와 대형 크레파스를 번갈아 쳐다봤다. 하지만 백지도에는 밑그림만 그려져 있어서 색칠할 부분이 너무나 많았다.

"여긴 무슨 색으로 칠하지? 그냥 아무 색이나 칠하면 되나? 그렇다면 분홍색으로 할까?"

"아니야. 지도는 등고선에 따라 칠해야 해."

"등고선은 또 뭔데?"

"등고선은 높이가 같은 곳을 표시하기 위해서 같은 높이끼리 선으로 이은 거야. 우리나라는 주로 높은 산이 동쪽에 길게 위치하고 있잖아. 그러니까 높은 쪽은 같은 색으로 칠해야 하는 거야."

다솜이는 백지도 위를 폴짝폴짝 뛰어다니면서 설명을 늘어놓았다.

"하아, 힘들다. 힘들어."

환이는 한참 동안 들판도 칠하고, 바다도 칠하고, 논도 칠하고, 땅도 칠했다.

"잠깐, 잠깐. 높이가 높을수록 짙은 고동색이어야 하는데, 넌 거꾸로 칠했잖아. 높이가 낮은 곳을 왜 고동색으로 칠했어. 낮은 곳에는 밭과 논이 가득하니까 초록색으로 칠해야 해."

다솜이의 잔소리를 들어가면서 잘못 칠한 곳은 몇 번이고 다시 칠해야 했다.

"아이고, 힘들어. 이걸 언제 다 해."

환이는 크레파스를 바닥에 집어던지고는 백지도 위에 벌렁 드러누웠다.

"에이, 거의 다 했네. 뭘."

다솜이는 환이의 어깨를 두드려 주었지만 환이는 꿈쩍도 하지 않았다.

"여기 교과서 세상에서 그냥 쭉 살든가."

환이는 다솜이의 핀잔에 벌떡 몸을 일으켜 세웠다.

"하아, 그건 싫어. 기필코 다 칠하고야 만다."

결국 환이는 손과 발, 옷에 크레파스가 범벅이 될 때까지 색을 칠하고 또 칠해야 했다.

백지도(白地圖)는 새하얀 지도를 말해. 새하얗다는 뜻의 백(白)이 지도와 합해져서 만들어진 말이지.

그런가 하면 **백지**(白紙)가 아무것도 그려져 있지 않은 새하얀 종이를 뜻하는 말일 때도 있어. 무언가를 새로 시작하게 될 때나 처음 경험하는 일일 경우, 백지상태에서 시작한다는 식으로 말하기도 해.

백지상태(白紙狀態) : 아무것도 모르는 상황 또는 어떤 일을 하기 이전의 상황.

백	지	상	태
白	紙	狀	態
흰	종이	모양	모습

 다솜아, 힝. 어떡해. 선생님이 사회 활동지 다시 하래.

그야 네가 잘못했으니까 새로 하라고 하신 거잖아.

 이걸 언제 다 해. 네 것 좀 보여 주면 안 돼?

안 돼. 선생님이 너에게 백지상태에서 다시 하라고 하신 거잖아.

백지도는 밑그림만 있고 나머지는 비어 있는 지도야. 우리가 직접 여러 가지 정보를 채워야 해. 이와 반대로 여러 가지 정보를 얻어 낼 수 있는 그래프도 있어.

예를 들면, 오래전부터 지금까지 쌓인 많은 자료를 한눈에 알 수 있는 강수량 같은 그래프 말이야.

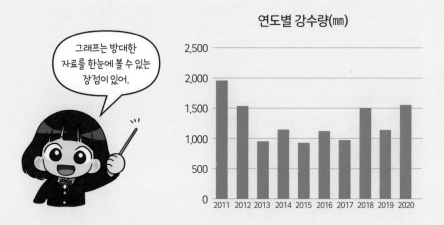

그래프는 방대한 자료를 한눈에 볼 수 있는 장점이 있어.

연도별 강수량(㎜)

그래프를 제대로 보는 방법

① 그래프의 제목을 먼저 확인해.

② 그래프의 가로와 세로가 각각 무엇을 나타내는지 살펴봐.

③ 눈금 한 칸은 크기가 얼마인지도 꼭 봐야 해.

④ 마지막으로, 각각의 막대가 나타내는 크기를 그래프 세로에서 확인해.

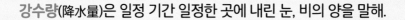

강수량(降水量)은 일정 기간 일정한 곳에 내린 눈, 비의 양을 말해.

> **강수**(降水) : 비, 눈, 우박처럼 땅에 내린 물
> **강수 확률**(降水 確率) : 비나 눈, 우박 등이 내릴 확률
> **강우**(降雨) : 비가 내림
> **강우량**(降雨量) : 일정 기간 일정한 곳에 내린 비의 양

수(水)는 물이란 뜻을 가진 글자야. 자연환경이나 인문 환경에서 사람들에게 아주 큰 영향을 미치는 게 바로 이 물이지. 사람들은 물을 이용해서 자연환경을 다양하게 발달시켜 왔어.

> **수도**(水道) : 물이 흐르는 길
> **수돗물**(水道+물) : 상수도에서 나오는 물
> **상수도**(上水道) : 마실 때 쓰는 물이 지나는 통로
> **하수도**(下水道) : 쓰고 남은 물이 흐르는 통로
> **하수구**(下水溝) : 하수가 흘러가도록 만들어 놓은 도랑

이렇게 물이란 뜻의 수(水)가 들어가는 단어는 우리 생활에 아주 많아.

저수지, 수영, 수경, 또……

또, 수(水)가 들어가는 다른 단어들을 생각해 봐.

다음 보기의 낱말을 이용해서 일기 예보를 써 봐.

보기

강수 확률, 소나기, 저수지

다솜이 : 내일 강수 확률은 약 70%입니다. 갑작스러운 소나기로 저수지에 물이 넘칠 수 있으니 근처에 사시는 주민들은 각별히 조심하세요.

환이 :

마법의 지도

환이가 낑낑대면서 백지도 색칠을 완성하고 나니, 그제야 투명창이 나타났다.

> 위대한 개척자님이 열심히 노력해 주신 덕분에 백지도에 새로운 세상이 생겨났습니다. 새로운 땅을 개척해 주신 대가로 20금화를 드립니다.

"진짜? 문제를 못 맞혀서 색칠하는 벌칙을 준 줄 알았더니, 금화를 준다고?"

환이는 기쁜 마음에 하늘을 올려다보았다. 하지만 금화는 허공에서 떨어지지 않았다.

"뭐야. 왜 금화를 안 주지? 금화를 빨리 모아야 교과서 세상이 제 모습으로 돌아오고 나도 밖으로 나갈 수 있을 텐데……."

곧이어 투명창에 다시 글자들이 반짝거리면서 나타났다.

> **단, 금화를 받기 위해서는 문제를 풀어야 합니다.**
> **보너스 문제를 푸시겠습니까.**

"그럼 그렇지……. 그냥 줄 리가 없지. 알겠어, 보너스 문제 보여 줘."

그러자 투명창에 문제가 나타났다.

> **백지도에는 고장의 주요 장소와 그에 대한 정보가 들어 있습니다.**
> **맞으면 O, 틀리면 X를 선택하세요.**

"뭐야! 아까 틀린 문제잖아? 이젠 알아. 백지도는 정보가 없는 빈 지도라고."

환이가 고개를 가로저었다. 그러고는 X를 선택했다. 하지만 그것도 잠시, 투명창이 또다시 나타났다.

"그래. 할게. 저 어마어마한 백지도도 칠했는데 뭘 못 하겠어."

크레파스 범벅이 된 환이가 벌떡 일어나서는 소리쳤다. 그러
자 바로 문제가 나왔다.

디지털 영상 지도를 살펴보는 방법을 순서대로 놓으세요.
문제를 맞히면 10금화를 드립니다.

ㄱ 마우스로 확대하거나 축소해서 살펴본다.
ㄴ 원하는 장소를 검색창에 입력한다.
ㄷ 그 장소와 주변 장소를 살펴본다.

"하하. 이 정도야 뭐. 이환 님에게는 누워서 떡 먹기지. 먼저
장소 이름을 검색해. 그다음 마우스로 확대하거나 축소해서 그
장소를 살펴보는 거야. 마지막으로 그 주변 장소까지 살펴보면
끝. 답은 ㄴ-ㄱ-ㄷ. 하하하. 내 말이 맞지?"

환이는 거침없이 대답했다. 허공에서 금화가 짤랑거리면서 떨

어져 내리더니 투명창으로 빨려 들어갔다.

"와, 금화가 제법 쌓였어. 이게 다 몇 개야."

투명창에는 금화가 가득 차 있었다. 금화가 쌓일 때마다 주변의 색도 점점 선명해졌다.

"너 사회를 원래 이렇게 잘했어?"

다솜이가 웃으면서 박수를 쳤다.

"이 정도야 뭐, 별거 아닌데? 히히히."

환이와 다솜이가 활짝 웃었다. 잠시 후 퐁, 소리를 내면서 투명창에 새로운 글자가 나타났다.

> **30금화를 마법의 지도와 바꿀 수 있습니다.**
> **마법의 지도를 획득하시겠습니까.**

"앗, 지도는 싫어. 안 바꿀래."

다솜이가 환이의 머리카락을 잡아당겼다.

"무슨 소리야! 당연히 바꿔야지."

"알았어, 알았어. 지도로 바꿀게."

환이는 어쩔 수 없이 고개를 끄덕였다. 순간, 작은 두루마리 하나가 환이 손에 나타났다.

"이게 뭐야?"

환이가 두루마리를 천천히 펼쳤다. 흰 바탕에 우리나라 지도 모양이 그려져 있었다.

"뭐야. 백지도잖아."

환이가 한숨을 길게 내쉬었다.

"그냥 백지도하고는 달라. 여기 무지개가 그려져 있잖아."

"아, 그러네. 무지개는 또 뭐지?"

다솜이의 말대로 여느 백지도와 다르게 우리나라를 가로지르는 거대한 무지개가 그려져 있었다. 물론 무지개도 백지도처럼 색이 채워지지 않아서 텅 비어 있었다.

그때 스르르 소리를 내면서 백지도에 푸른 기운이 어른거리더니 무지개에 푸른 빛이 채워졌다. 그리고 푸른 기운은 지도 주변을 바다로 채워 나가기 시작했다.

"와, 저절로 색이 채워지잖아?"

환이가 들고 있는 마법의 지도에선 철썩거리는 파도 소리, 짭조름한 바다 냄새까지 났다.

"우아, 바다가 완성됐어. 진짜 신기한데?"

환이와 다솜이는 입이 쩍 벌어졌다. 아직 한참이나 더 색칠해야 하지만 그래도 바다가 채워지니 제법 우리나라 지도 같았다.

"이제 다 끝난 거지?"

환이가 활짝 웃는데, 투명창이 다시 나타났다.

> 위대한 개척자님, 지도와 관련된 문제를 풀면 30금화를
> 얻을 수 있습니다. 그리고 금화를 얻을 때마다 마법의 지도에
> 색이 칠해집니다. 그럼 지도 문제를 풀어 보시겠습니까.

"지도는 이제 자신 있어. 도전!"

환이 말이 끝나자마자 글자와 그림이 나타났다.

"으음, 왼쪽엔 빵집이 있고, 오른쪽에는 행정복지센터가 있는

데, 서쪽이라면 빵집이야."

환이가 살짝 자신 없는 목소리로 대답했지만, 정답이었다.

"오, 맞았다. 서쪽은 그러니까 나를 기준으로 했을 때 왼쪽인 거야."

학교를 기준으로 남쪽에는 무엇이 있을까요.

"남쪽이면 아래쪽인가? 그럼 공원으로 할까. 으음, 공원."

이번에도 정답이었다.

"동은 오른쪽, 서는 왼쪽, 남은 아래쪽, 북은 위쪽이야. 오른쪽, 왼쪽, 아래쪽, 위쪽. 으으, 잊어버리면 안 돼."

환이가 왔다 갔다 하면서 중얼거렸다. 허공에서는 금화들이 우수수 떨어지더니 다시 투명창이 나타났다.

연습 문제를 모두 풀었으니, 이제 본격적으로 지도에 대한 문제를 풀겠습니다. 문제를 맞히면 남은 20금화를 얻을 수 있습니다. 문제입니다.

우리나라의 서쪽에 있는 도시가 아닌 곳을 고르세요.

❶ 포항 ❷ 인천 ❸ 군산 ❹ 목포

환이는 끄응, 하고 고민하는 소리를 냈다.

"서쪽은 우리나라를 기준으로 봤을 때 왼쪽이야. 그럼, 왼쪽에 있는 도시는 인천, 군산, 목포⋯⋯. 그럼 포항은 반대쪽인 동쪽에 있는 도시야. 정답은 1번 포항."

환이가 자신 있는 소리로 대답했다. 뽀로롱, 소리를 내면서 금화가 마법의 지도 속으로 빨려 들어갔다.

"와, 다 맞혔다!"

환이가 좋아서 소리쳤다.

"너 이제 지도 좀 보네? 호호호."

다솜이가 환하게 웃었다.

"야옹, 야옹."

가느다랗게 미오가 우는 소리가 들려왔다. 아이들이 놀라서 돌아보니, 언제 나타났는지 뒤에서 미오가 꼬리를 살랑살랑 흔들고 있었다.

"어, 미오다!"

미오가 환이의 다리에 머리를 부드럽게 비볐다. 그런데 미오의 그림자가 이상했다. 고양이 그림자가 아니라, 여자아이 모습이었다.

"근데 왜 고양이 그림자가 아니라 여자아이 그림자인 거지?"

"그러게 말이야."

환이와 다솜이가 눈이 동그래서는 서로를 바라보았다. 그때 끼이익 소리를 내면서 굳게 닫혀 있던 문이 열렸다.

"아무튼 미오도 찾았고, 지도에서도 드디어 탈출이다. 탈출!"

끼이익

환이는 마법의 지도를 손에 쥔 채 밖으로 나왔다. 미오도 꼬리를 살랑살랑 흔들면서 환이의 뒤를 따라왔다. 문 바깥은 행정복지센터였다. 사람들이 바쁘게 오가고 있었다.

"저기 봐."

환이가 행정복지센터 직원들을 가리켰다. 직원들이 주민들과 함께 밝은 표정으로 웃고 있었다. 색이 한층 진해진 게 눈에 띄었다.

"아까는 분명히 색이 희미했는데, 색이 더 진해졌어."

"정말이야. 하늘도 파래졌어."

희끄무레하던 하늘에도 새파란 색이 돌아와 있었다.

그때 퐁, 소리를 내면서 투명창이 나타났다.

위대한 개척자님, 다음 라운드로 이동하시겠습니까.

"그럼 당연히 이동해야지."

환이가 고개를 마구 끄덕였다.

우리는 촌락이나 도시에 살고 있어. **촌락**(村落)은 농촌, 산촌, 어촌 등에서 생겨난 시골 마을을 말해. 촌이라는 말이 마을을 뜻하기 때문에 농촌, 산촌, 어촌 모두 마을이란 뜻을 가지고 있지. 사람들이 모여 사는 곳으로는 **도시**(都市)도 있어. 도시에는 사람들이 많이 모여 살기 때문에 사회적, 경제적 중심지인 경우가 많아.

촌	락
村	落
마을	떨어지다

도	시
都	市
도읍	시장, 번화한 곳

촌(村)에는 마을이라는 뜻이 있고, 락(落)에는 떨어진다는 뜻이 있어. 각각의 한자가 들어간 다른 단어들을 살펴보자.

농촌(農村) : 주민 대부분이 농업에 종사하는 마을

어촌(漁村) : 어업에 종사하는 사람들이 모여 사는 마을

산촌(山村) : 산에 있는 마을

낙화(落花) : 떨어진 꽃

추락(墜落) : 높은 곳에서 떨어짐

도시에서 떨어진 시골을 촌락이라고 해.

도시와 시골은 사는 환경이 달라.

도시에는 사람이 많이 살기 때문에 다양하고 편리한 환경이 갖춰져 있어. 큰 건물이 많고, 높은 빌딩이나 아파트도 많아. 교통수단이나 통신 수단 등 여러 가지로 사람들이 살기에 편리한 환경이 갖춰져 있지만 그만큼 문제도 많아. 쓰레기가 많이 배출되고, 차량이 많아서 상대적으로 다른 지역에 비해서 공기도 오염되는 경우가 많거든.

촌락은 도시에 비해 인구가 적어. 더 많은 일자리가 있는 도시로 떠나는 경우가 많아서 사람이 적게 살게 되고, 그만큼 나이 든 사람이 젊은 사람보다 많기도 해. 아이가 적게 태어나기 때문에 학교에 다니는 학생 수가 적은 경우도 많지. 하지만 공기가 깨끗하고, 맑은 자연환경에서 생활할 수 있다는 좋은 점도 있어.

도시가 아닌 지역에서 주로 땅을 이용해서 작물을 재배하거나 곡식을 기르는 등 필요한 농산물을 가꾸는 일을 **농업**(農業)이라고 해.

농사(農事) : 논밭을 갈아서 작물이나 곡식을 기르는 일
농민(農民) : 농사를 하는 사람

농업(農業)과 관련된 다양한 생각을 마인드맵으로 그려 봐.

 환이의 일기

오늘은 다솜이랑 같이 도서관에서 숙제를 했다.

다솜이가 다양한 직업을 탐구한 다음,

보고서를 써야 한다면서 책을 찾아보라고 했다.

나는 도시에 살고 있지만 농촌이 좋다.

그래서 농사를 짓는 농부와 물고기를 잡는

어부에 대한 이야기를 찾아서 읽고 보고서를 썼다.

다솜이가 잔소리를 좀 하긴 했지만,

그래도 오늘 숙제는 잘한 것 같다.

알아 두기

★ 농부 農夫 : 농사를 짓는 사람

★ 어부 漁夫 : 물고기를 잡는 사람

빙고 게임

"호오, 이제 우리 고장에 대해 잘 알게 되셨군요. 하지만 여기에서 벗어나려면 저를 이기셔야 합니다. 환이 님, 저와 함께 빙고 게임을 해 보시겠습니까."

행정복지센터 직원이 입꼬리를 슬며시 끌어올리면서 웃었다.

"갑자기 웬 빙고 게임을 하자는 거예요?"

다솜이가 물었지만, 행정복지센터 직원은 못 들은 척했다.

"어때요, 빙고 게임을 하시겠어요?"

직원이 어떻게 자신의 이름을 알고 있는지 궁금하긴 했지만, 환이는 빙고 게임에 정신이 팔려 버렸다.

"상금이나 벌칙이 있나요?"

"이기면 가지고 있는 금화의 두 배를 드리겠습니다."

"두 배요?"

직원의 말에 솔깃한 환이는 뒤돌아서 작은 소리로 다솜이에게
물었다.

"해 볼까? 금화를 두 배나 준다잖아?"

"세상에 공짜가 어디 있어. 아무래도 수상해."

다솜이는 팔짱을 끼고는 고개를 설레설레 저었다. 미오도 말
리고 싶은지 환이의 바짓가랑이를 물고는 안 놔주었다.

"봐. 미오도 하지 말라잖아."

다솜이가 다시금 말렸다.

"그런가? 하지 말까?"

환이가 머뭇거리자 직원이 빙긋이 웃었다.

"그럼 세 배는 어떻습니까?"

"세 배요? 그럼 거의 수백 금화가 넘을 텐데……."

환이는 자신도 모르게 고개를 끄덕였다.

"아저씨, 제가 이기면 진짜로 금화 주는 거죠?"

환이가 행정복지센터 직원에게 물었다.

"물론이죠. 대신 제가 이기면 환이 님의 금화 중 절반을 가져가겠습니다."

"반이나요?"

"네. 하지만 환이 님이 이기시면 되잖아요? 세 배면 수백 금화도 넘을 텐데요."

"흐음, 좋아요."

환이가 무엇에 홀리기라도 한 듯 고개를 끄덕였다.

"할게요."

"앗, 환아!"

"냐오오옹."

다솜이와 미오가 동시에 외쳤다. 하지만 늦었다. 내기는 이미 시작됐다.

"좋습니다. 시작하죠."

"네. 좋아요."

환이가 대답하자 직원이 부드럽게 웃었다.

"자연환경과 인문 환경 정도는 아시겠죠. 자연환경은 있는 그 대로의 자연을 말합니다. 바다, 산, 하천 같은 것이지요. 반면에, 인문 환경은 인간이 자연을 이용해서 만든 여러 가지 결과물을 말합니다."

"그 정도는 저도 알아요. 과수원, 다리, 공장, 아파트, 학교. 이런 게 다 인문 환경이잖아요."

환이가 척척 대답했다.

"후후, 잘 아시는군요. 좋습니다. 빙고판에 인문 환경에 속하는 단어를 생각나는 대로 쓰고 돌아가면서 하나씩 외치는 겁니다. 먼저 빙고를 완성하는 사람이 이기는 거예요. 간단하지요?"

행정복지센터 직원의 말투가 왠지 어디선가 들어 본 것 같았지만 환이는 더 생각할 겨를이 없었다.

"별거 아니네. 금방 하겠는데?"

"나도 해 보고 싶네. 나도 이기면 금화를 받을 수 있는 건가? 하하하."

어느새 주변 사람들도 잔뜩 몰려와서 떠들어 대고 있었다. 환이는 앞에 놓인 빙고판을 보면서 곰곰이 생각했다.

"다솜아, 뭘 쓰지?"

"음······. 모두가 잘 아는 인문 환경을 써 보자. 분명히 저쪽에서도 쓸 확률이 높을 거야."

환이는 다솜이의 전략대로 빙고판에 인문 환경 하면 생각나는 쉬운 단어를 써 넣었다.

"누가 먼저 부를지 동전으로 정할까요?"

행정복지센터 직원의 말에 환이는 고개를 끄덕였다.

"그럼 환이 님이 던지세요. 저는 앞면으로 하겠습니다."

행정복지센터 직원은 주머니에서 금화 하나를 꺼내서 환이에게 주었다.

"그럼 저는 뒷면이겠네요."

환이가 금화를 꼼꼼히 살폈지만, 별다른 이상한 점은 없었다. 금화 앞면은 마스터 M의 모습이 그려져 있고, 뒷면은 미오가 그려져 있었다.

"좋아. 던져 보자."

환이는 허공으로 금화를 힘껏 던졌다. 핑그르르 돌아가는 금화에 사람들의 시선이 일제히 꽂혔다. 환이와 다솜이도 눈을 동

종이	다리	자동차
문	과수원	창문
옷	공장	비행기

그렇게 뜨고 금화가 앞면이 나올지 뒷면이 나올지 바라보았다.

"앗! 뒷면이 아니네."

안타깝게도 동전은 앞면이었다. 분명히 뒷면으로 떨어진 것 같았는데 희한하게도 앞면이었다.

"시작할까요."

"네."

"다리."

직원이 먼저 단어를 부른 뒤 여러 번 순서가 이어졌다.

"과수원."

환이의 가슴이 조마조마했다.

"공장만 부르면 끝난다."

다솜이가 속삭이는데 직원이 말했다.

"공장."

"와! 내가 이겼다!"

환이가 좋아서 소리쳤다. 하지만 직원은 환이를 바라보며 빙긋이 웃을 뿐이었다.

"정말요? 마지막까지 잘 보셔야죠."

직원의 말에 의아하여 환이가 눈을 동그랗게 뜨고 빙고판을 바라보았다. 그런데 이게 웬일인가. 환이가 공장이라고 적은 자리에 바다가 쓰여 있었다.

"제가 이긴 것 같군요."

행정복지센터 직원이 들고 있던 자신의 빙고판을 뒤집어서 환이를 향해 보여 주었다. 놀랍게도 줄이 완성되어 있었다.

"아니, 이게 어떻게 된 일이지?"

환이와 다솜이는 어찌 된 영문인지 몰라서 눈만 동그래졌다. 환이와 다솜이가 빙고판을 다시 살펴보느라 한눈이 팔린 사이, 행정복지센터 직원은 검은 망토를 두르더니 모자를 쓰고 마법사 복장으로 스르륵 변신했다.

"앗, 당신은 마스터 M이잖아!"

환이와 다솜이의 가슴이 마구 두근거렸다. 미오도 마스터 M을 보고 흥분한 듯 울어 댔다.

"환이 님, 교과서 세상에 다시 오신 걸 환영합니다. 생각보다 빠르게 사회 교과서 세상에 적응하시더군요. 문제도 척척 풀어내고 말입니다. 하지만 이번 빙고 게임에서 지셨으니까, 금화의 반은 제가 가져가겠습니다. 하하하."

지금까지 환이가 어렵게 모은 금화의 절반은 쥐도 새도 모르

게 마스터 M이 정말로 가져가 버렸다.

"그럼, 다음에 또 보자고요. 하하하하."

마스터 M은 긴 웃음소리만 남기고 어디론가 사라져 버렸다. 그런데 미오도 마스터 M을 뒤쫓아 달려갔다. 황급히 환이와 다솜이는 미오를 뒤쫓았다.

"미오, 거기 서!"

"미오, 어디 가는 거야!"

하지만 미오가 워낙 빨라서 금세 놓치고 말았다.

"아, 어떻게 해."

"우린 어디로 가야 하지?"

다솜이와 환이는 금화도 잃어버린 데다가 미오까지 놓쳐서 실망이 이만저만이 아니었다.

자연환경(自然環境)은 인간이 살아가는 데에 결정적인 역할을 하고 있어. 자연환경에 따라 인간의 삶도 달라지거든.

예를 들어 볼게. 추운 지방에 사는 사람과 더운 지방에 사는 사람의 생활이 같을 수는 없을 거야. 추운 지방에 사는 사람이라면 집도 따뜻하게, 옷도 따뜻하게 만들 거고, 더운 지방에 사는 사람이라면 집도 시원하게, 옷도 시원하게 만들어 입어야 하지.

이렇듯 오래전부터 인간은 자연환경에 따라 살아가는 방식도 달랐어. 자연환경을 이용해서 만들어 낸 학교, 아파트, 도로, 과수원 이 모든 게 다 **인문 환경**(人文 環境)이야. 우리는 사회 수업 시간에 바로 이 자연환경과 인문 환경에 대해서 배워.

> **인문**(人文) : 인간이 만들어 낸 문화
> **환경**(環境) : 생물에게 직접적이거나 간접적으로 영향을 주는 상황
> **인문 환경**(人文 環境) : 사람이 스스로 만들어 내서 생물에게 영향을 주는 환경

인(人)은 사람이라는 뜻이 있어. 인간, 인류, 인문 환경 모두 사람이라는 뜻이 포함되어 있는 말들이지.

> **인간**(人間) : 사람
> **인류**(人類) : 인간, 사람을 다른 동물과 구별해서 부르는 말
> **인조인간**(人造人間) : 사람과 비슷하게 만든 기계

인(人)이 들어간 다른 단어를 생각해 보고 그 뜻을 찾아서 써 보자.

자연보호(自然保護) : 자연을 보호하고 살펴서 원래의 모습 그대로 지키려는 태도

자	연	보	호
自	然	保	護
스스로	있는 그대로의 상태	살피고	돌본다

자연은 다시 원래대로 되돌릴 수 없기 때문에 소중해.

있는 그대로 돌보고 살피는 것이 가장 중요해.

보(保)는 살피다, 지킨다는 뜻을 가지고 있어. 보(保)가 들어간 단어들을 살펴보자.

보건(保健) : 건강을 지키려는 노력
보건실(保健室) : 건강을 지키려는 노력을 하는 곳
보존(保存) : 보호하고 지킴
보호(保護) : 보살피고 돌봄

🔑 다솜이의 일기 🐱

오늘은 학교에서 열이 나는 것 같아 보건실에 갔다.

보건 선생님이 쉬면서 몸을 보호해야 한다며 보건실 침대에

누워서 쉬라고 하셨다. 보건실에서 누워 있는데,

갑자기 환이가 와서 "너 왜 여기에서 잠자는 거야?

공부 안 해?"라고 물었다. 나는 힘겹게 "보건 선생님이

여기에서 쉬라고 했어."라고 대답했지만,

환이는 제대로 듣지도 않고 애들한테 "박다솜, 보건실에서

땡땡이친다."라고 말하고 다녔다고 한다.

다음 낱말과 반대되는 뜻을 가진 말을 찾아서 줄을 이어 봐.

자연(自然)

있는 그대로의 상태

공동(公同)

여럿이 함께

개인(個人)

한 사람

인공(人工)

사람이 만든 것

자연환경은 한 사람을 넘어 여럿이 함께 지켜야 해.

자연환경도 소중하지만 살면서 인문 환경도 필요해.

의식주 생활

　미오는 사람들 사이를 잘도 달려갔다. 환이와 다솜이는 미오를 쫓아가다가 얼마 가지 않아 지치고 말았다. 허탈한 마음에 환이는 허공에 대고 말했다.

　"나 문제 풀어 보게 해 줘. 미오도 없고, 금화도 빼앗겼는데 어떻게 해……."

　환이의 말을 알아들은 것처럼 허공에 투명창이 나타났다.

> **위대한 개척자님을 위한 보너스 문제를 내 드리겠습니다.**
> **문제를 모두 맞히면 다음 라운드로 넘어갈 수 있습니다.**
> **이번 문제는 다른 곳으로 순간 이동해야 합니다.**

"오오, 순간 이동이라니! 좋아. 얼른 문제 내 줘."

스르르, 사람들이 바쁘게 오가던 길이 희미해지기 시작했다. 그러더니, 환이의 눈앞에 카드 네 장과 다양한 옷차림을 한 사람들이 나타났다. 얼굴을 꽁꽁 천으로 둘러싸고 낙타를 데리고 있는 사람, 따뜻한 털옷과 가죽옷으로 동여맨 사람, 시원한 차림에 챙이 넓은 모자를 쓴 사람, 기다란 천 옷을 두르고 라마를 끌고 가는 사람 등 옷차림이 다양했다.

기다렸다는 듯이 투명창에는 문제가 나타났다.

> **사람들은 옛날부터 살아가고 있는 고장의 자연환경에 따라 인문 환경을 발달시키면서 살아왔습니다. 각각의 사람들에게 어울리는 환경 카드를 골라 주세요.**

"어떻게 하지. 아, 당황하지 말고 하나씩 살펴보자."

환이는 눈앞에 펼쳐진 카드를 꼼꼼히 살펴보았다. 제일 먼저 사막 카드 앞에 낙타를 데리고 있는 사람을 배치했다. 그러자 사막 카드 속으로 낙타를 데리고 있는 사람이 들어가면서 스르르 사라졌다. 그와 동시에 금화가 허공에서 짤랑거리면서 떨어져 내렸다. 정답을 맞힌 것이다.

"오오, 맞았다. 맞았어. 하, 진정해. 아직 더 남았어."

환이는 뒷짐을 지고 서성거렸다.

"음, 추운 날씨에는 아마도 털옷을 입겠지?"

환이는 털옷을 입은 사람에게 빙판 카드를 배치했다. 빙판 카드 속으로 털옷을 입은 사람이 걸어가더니 빙판에 서서 손을 흔들었다.

"이제 두 개 남았네. 음, 높은 곳에 오르락내리락하려면 뭘 타야 할 것 같아. 음…….."

한참을 고민하던 환이는 라마를 끌고 있는 사람에게 산꼭대기 도시를 배치했다. 그러자 라마를 끌고 있는 사람이 산꼭대기 도시 속으로 사라졌다.

"마지막 카드는 숲이 울창하니까, 모자 쓴 사람이 어울리겠네. 히히히."

환이가 웃으면서 챙이 넓은 모자를 쓴 사람을 숲 카드에 배치했다.

카드 배치가 끝나자 그제야 다솜이의 목소리가 들려왔다.

"오, 잘했어. 이환, 대단하다."

"나 천재 아니냐? 하하하."

환이가 잘난 척하는 소리에 다솜이가 눈을 흘겼다.

"환아, 날씨나 기후에 따라서 사람들이 살아가는 모습은 다 달라. 그럼 음식은 어떨까?"

"어떤데?"

"우리 조상들이 생활했던 모습을 살펴보면 그 고장에 무엇이 있냐에 따라서 입고 먹고 자는 것이 다 달랐어."

다솜이가 손가락을 딱, 소리가 나게 튕겼다. 허공에 말풍선이 나타났고, 두 가지 다른 풍경과 음식들이 보였다.

"예를 들어 볼게. 바다 근처에 사는 사람들은 물고기나 조개 등으로 국을 끓이거나 음식을 만들어 먹었어. 논과 밭이 많은 지역에 사는 사람들은 여러 곡식과 나물을 가지고 음식을 해서 먹

었고 말이야. 환경의 영향을 받은 거지.”

“아아, 그렇구나. 처음 알았어.”

환이는 몇 번이고 고개를 끄덕였다.

“처음은 무슨. 이거 다 사회 시간에 배운 거야.”

다솜이는 고개를 절레절레 흔들었다.

“그뿐 아니야. 옛날엔…….”

다솜이가 갑자기 말을 멈추더니, 허공에 투명창이 나타났다.

“앗, 다솜아. 넌 꼭 결정적일 때 이러더라.”

환이가 발을 굴렀다. 곧이어 투명창에 문제가 떴고, 환이 앞에
는 원시인들이 모여들었다. 투명창 주변에는 여러 도구가 둥둥
떠올랐다.

> **위대한 개척자님, 옛날 사람들에게 적절한 도구를 전해 주세요.**
> **적절한 도구를 골라서 전해 주면 한 문제당 10금화를 드립니다.**

“돌로 만든 도끼랑 돌로 만든 화살촉……. 그리고 반달 돌칼과
빗살무늬 토기까지……. 음, 그럼 어떤 도구가 적절할까?”

환이는 답이 바로 떠오르지 않아 잠시 고민했다.

“우우, 우우.”

원시인들이 서로 손짓해 가면서 동료를 불렀다. 열매를 가진 사람, 사냥을 준비하는 사람, 곡식을 손으로 뜯는 사람, 나무를 자르는 사람이 있었다.

"하아, 음, 헷갈리네."

환이는 숨을 크게 들이마시고, 신중하게 도구를 하나씩 나누어 주기 시작했다. 사냥을 하는 사람에게는 돌로 만든 화살촉을 주었고, 열매를 든 사람에게는 보관할 수 있는 빗살무늬 토기를 쥐어 주었다.

"우우, 우우, 우우우."

원시인들이 거칠게 마구 몰려와서 환이에게 도구를 달라고 아우성쳤다.

"으아아아, 몰려오지 말란 말이에요."

환이는 원시인들을 피해서 한참을 도망 다녔다. 그러다가 남은 반달 돌칼은 곡식을 뜯는 사람에게, 돌도끼는 나무를 자르는 사람에게 주었다.

**적절하게 도구를 모두 잘 나누어 주었군요.
이에 대한 보상으로 시대 변화를 간단하게 살펴보겠습니다.**

이내 투명창과 안내 문구가 사라지고 환이와 다솜이를 둘러싼 주변이 종이처럼 둘둘 말렸다가 펼쳐졌다. 그러자 환이와 다솜이 앞에는 어느새 다른 사람들이 나타나 금속을 만들고 있었다. 사람들은 금속을 이용해서 기다란 창도 만들고, 화살도 만들고, 제대로 된 쟁기도 만들었다. 철로 된 다양한 도구들이 생겨나자 사람들의 생활도 제법 발달하기 시작했다.

"금속으로 방울도 만들고, 거울도 만들었어."

"응. 함께 모여 제사도 지내고 말이야."

환이와 다솜이는 사람들이 모여서 제사를 지내는 모습을 구경했다.

"환아, 사람들에게 좋은 도구가 있으면 어떤 점이 좋을까?"

다솜이가 물었다.

"그러게. 좋은 도구가 있으면 뭐가 좋은데?"

환이는 은근슬쩍 다솜이에게 다시 물었다. 잘 모를 때는 되묻는 게 최고다.

"그야 당연히 사람들이 농사짓기가 편해지잖아."

다솜이는 환이의 꾀에 넘어가 답을 말해 주었다.

"아하, 그렇구나. 그럼 농사짓기 편하면 그건 또 뭐가 좋은데?"

"잘 봐."

다솜이가 손가락으로 다른 무리의 사람들을 가리켰다. 좋은 도구가 생겨난 덕분에 사람들은 농사를 지을 때 힘을 덜 쓰고, 농사를 더 많이 지을 수 있게 됐다. 농사를 짓는 일이 편해져 수확할 수 있는 곡식은 더 많아졌다.

"아, 알겠다. 사람들이 먹을 수 있는 음식이 많아졌구나?"

"그게 다가 아니야."

여러 장면이 마치 영화처럼 휘리릭 빠르게 지나갔다. 추수하는 곡식이 많아질수록 사람들의 생활도 훨씬 풍요로워졌다. 음식의 종류도 다양해지면서 사람들이 삶을 더욱 즐길 수 있게 됐다.

"도구도 계속 발달하게 되었지."

음식을 만드는 도구도 발전하면서 열매를 따 먹던 시절과 달리 조리를 해서 먹게 되었다.

"우아, 우린 전기밥솥에 밥을 해 먹는데, 옛날 사람들은 저런 데에 밥을 했네?"

"응. 저건 가마솥이야. 장작에 불을 붙여서 밥을 하는 거지."

사람들은 더욱 건강해졌고, 농사도 많이 지었다. 자연스레 아이들도 많이 태어나 인구가 늘어났다.

"집도 점차 좋아졌어."

처음 환이가 보았던 원시인은 동굴에 모여 잠을 자는 게 다였다. 가끔 움막 같은 집을 짓고 사는 사람들도 있었지만, 비가 오면 비가 새고, 눈이 오면 눈이 스며들어서 몹시 추워 보였다. 그러자 사람들은 볏짚으로 집을 지었는데, 볏짚으로 만든 집은 비가 오면 축축해지고 비가 새기도 했다.

"저게 바로 온돌이야."

"온돌?"

다솜이가 기와로 만든 집 안에 있는 방바닥을 가리켰다.

"아궁이에서 불을 때면 그 연기가 방바닥에 있는 통로를 지나서 굴뚝으로 빠져나가. 그러면 방의 바닥은 데워지고, 따끈하게 잘 수 있지."

"아아, 그러면 지금 집에서 쓰는 보일러 같은 거야?"

"그렇지. 온돌 원리를 이용해서 만든 게 지금 사람들이 집에서 쓰는 보일러야."

"와아, 정말 신기하다."

처음 지푸라기로 짓던 집은 점차 돌과 벽돌, 나무를 이용해서 지었지만 나중에는 시멘트를 부어서 만든 대형 집들도 생겨났다. 환이와 다솜이는 튼튼한 재료를 이용해서 더 단단하게 지어진 집을 한참 구경했다.

"저건 우리가 사는 아파트잖아?"

"응. 오늘날 가장 흔한 집의 모습이야. 아파트는 여러 세대가 함께 살아가는 공동 주택이지."

"집이 이런 과정을 통해 발전해 왔구나."

기본적인 생활이 편안해지자 사람들은 남은 시간을 보내기 위해 즐길 거리를 찾아 다양하게 시간을 보냈다. 그 결과 음악과 악기들이 생겨났고, 사람들은 그림도 그리며 여러 취미 생활을 했다.

"오오, 악기도 만들고 음악도 연주하네? 사람들의 생활이 점점 다양해지고 있어."

"맞아. 의, 식, 주 생활이 편해질수록 사람들의 삶이 편리해지고, 그만큼 다양한 취미 활동을 하게 되었지. 그게 바로 우리가 즐기는 문화인 거야."

환이가 의, 식, 주 생활을 듣고 모두 이해하자, 노란색 바람이 불어와 두루마리로 향했다. 마법의 지도가 반응하듯이 스르륵 펼쳐지더니 색이 칠해졌다. 봄볕에 피어난 개나리 같은 샛노란 색이었다.

"와, 이것 봐! 노란색이 칠해졌어."

노란색이 덧칠해지니, 마법의 지도는 더욱 진짜 지도 같아졌다. 무지개에 색이 하나씩 추가될 때마다 마법의 지도에도 색이 채워졌고, 교과서 세상의 색도 더욱 생생하게 되살아났다. 환이가 꼼꼼하게 배우고, 익힌 덕분이었다.

"환아, 여기 봐. 색이 돌아왔어!"

"하아, 진짜네? 이제 제법 교과서 색과 같아졌어. 하하하."

환이와 다솜이는 좋아서 손뼉을 치면서 웃었다.

"어, 다솜아, 저기 좀 봐."

환이가 사람들 사이에 앉아 있는 여자아이 하나를 가리켰다. 밝아진 주변과 달리 그 아이만 어딘지 모르게 낯설고 어색했다.

"쟤만 머리부터 발끝까지 까매."

혼자만 검은 옷을 입고 있어서 그런지 더 눈에 띄었다.

"뭔가 이상하다. 그렇지?"

환이와 다솜이가 여자아이를 함께 쳐다보았다. 여자아이는 눈을 동그랗게 뜨고 환이와 다솜이를 바라보더니, 순식간에 검은 고양이로 변신했다. 검은 고양이는 둘을 바라보며 꼬리를 살랑살랑 흔들었다.

"앗, 미오잖아?"

"여자애가 미오로 변신했어!"

미오는 환이와 다솜이가 알아봐 주길 기다렸다는 듯이 어딘가

를 향해, 바쁘게 오가는 사람들 틈 사이로 달려갔다.

"이번엔 놓치지 마."

"응."

환이와 다솜이도 미오의 뒤를 재빨리 쫓아갔다. 거리에서는
흥겨운 농악 소리가 울려 퍼지고 있었다.

꼬리에 꼬리를 무는
어휘 이야기 7

의식주(衣食住)는 우리 생활에 꼭 필요한 세 가지인 옷, 음식, 집을 말해.

의	식	주
衣	食	住
옷	음식	집

그중 우리 삶에 가장 큰 변화를 가져온 건 집이야. 사람들이 사는 집은 계속해서 발전해 왔어. 예전에 원시인들이 살던 집은 움집이나 동굴이었어. 움집이나 동굴처럼 대충 만들어진 집은 시간이 갈수록 점점 사람들의 솜씨가 좋아지자 **초가집**(草家집)으로 발전했어. 초가집은 풀로 만든 집이란 뜻이야.

풀로 만들어서 지붕이
오래 가지 못해……

큰비가 올까 봐
걱정이야……

초가집은 지푸라기로 지붕을 만들었기 때문에 비가 오거나 눈이 오면 젖어서 축축해져 물이 새기도 했어. 축축해진 만큼 시간이 지나면 썩기도 하고, 벌레가 살기도 했지. 보통은 1년에 한 번씩 지푸라기로 된 지붕을 갈아서 새로 얹곤 했어.

반면 기와로 만든 **기와집**도 있었어. 기와집은 기와를 지붕에 얹어서 만든 집인데 한 장 한 장 기왓장을 촘촘하게 쌓아서 지붕을 만들기 때문에 비바람에도 거뜬했어. 물론 이런 기와집은 돈이 많은 사람들이 살 수 있는 집이었지.

기와는 정해진 틀에 넣어 구워 낸 것이라서 모양이 모두 똑같아. 기와에는 위에서 덮어 주는 수키와가 있고, 아래에서 겹겹이 쌓여서 덮이는 암키와가 있어.

이제는 거친 비바람이 와도 맘이 놓이는군.

초가집과 비교할 수 없이 좋아.

온돌(溫突)은 따뜻한 기운이 방구들을 데워서 온도를 유지하게 만드는 장치야. 우리나라에서 주로 난방 장치로 쓰면서 이걸 응용해서 현대인들은 보일러를 만들었어. 지금은 집마다 보일러를 이용해서 물을 데우고 방바닥에 흘려보내는 식으로 사용하고 있어.

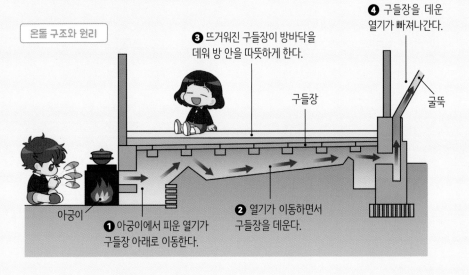

온돌 구조와 원리

❸ 뜨거워진 구들장이 방바닥을 데워 방 안을 따뜻하게 한다.

❹ 구들장을 데운 열기가 빠져나간다.

구들장

굴뚝

아궁이

❶ 아궁이에서 피운 열기가 구들장 아래로 이동한다.

❷ 열기가 이동하면서 구들장을 데운다.

이처럼 의식주(衣食住)는 우리 삶에 큰 영향을 주었어. 그만큼 세 가지 한자가 들어가는 단어들도 아주 많지. 생각나는 단어들을 한번 적어 봐.

의 : ---

식 : ---

주 : ---

우리 삶이 의식주(衣食住)를 기준으로 어떻게 달라졌는지 과거와 현재를 비교해서 표에 적어 봐.

	과거	현재
옷		
음식		
집		

사회는 더 빠르게 변하고 있어.

또 어떤 변화가 우리를 기다릴지 궁금해!

문화유산을 찾아라

미오는 꼬리를 살랑살랑 흔들면서 환이와 다솜이를 빤히 보고 있었다.

"저기 있다!"

다솜이가 환이의 어깨 위에서 소리쳤다. 다솜이는 어느새 전보다 조금 커져 있었다.

"뭐 해. 빨리 달려!"

다솜이는 행여나 미오를 놓칠까 싶어 발을 쾅쾅 굴러 댔다.

"아야, 다솜이 너 좀 커진 거 알아? 움직이면 아프단 말이야."

환이는 미오의 뒤를 쫓아갔다. 사람들은 커다란 성곽 아래에 모여서 춤을 추면서 웃고 떠들고 있었다. 미오는 환이와 다솜이더러 자신을 따라오라는 듯 가다가 멈추고, 가다가 멈추었다.

"물렀거라. 훠이, 물렀거라."

커다란 가마가 등장하자 지나가던 사람들이 우르르 몰려들어 웃으면서 박수를 쳤다.

"우아, 가마다!"

가마가 환이와 다솜이 옆을 지나갔다. 환이는 깨금발로 서서 가마 안을 들여다보았다. 가마는 텅 비어 있었다.

"가마가 비어 있어. 아무도 없는데?"

"저건 오래전에 정조 임금님이 행차하시던 걸 흉내 낸 거야. 지금 수원 화성 문화제를 하는 중이거든."

옆에 서 있던 아저씨가 설명해 주었다.

"저기 봐. 미오야!"

가마 꼭대기에 미오가 앉아 있었다.

"미오가 따라오라는 것 같아. 가 보자."

가마를 둘러싼 사람들을 따라가는데, 환이의 등에서 마법의 지도가 저절로 빠져나와 허공에 펼쳐졌다. 지도 한구석이 반짝 반짝 빛났다.

"여기가 어디지?"

환이가 고개를 갸우뚱하는데, 순간 가마 행렬은 널따란 평야를 향해서 나아갔다. 들녘은 황금색 벼들로 가득 차 있었다. 춤 추고 노래하던 사람들의 옷차림은 어느새 옛날 사람들이 입던 평민 옷으로 바뀌었다.

"어머, 우리 저기로 순간 이동했나 봐."

다솜이가 마법의 지도에서 반짝거리는 곳을 손으로 가리켰다.

"에헤라, 풍년일세. 풍년이야."

농부들이 껄껄 웃으면서 드넓은 들판에 황금색으로 물든 벼를 추수하고 있었다. 다들 기분이 좋아 보였다.

"하하하. 올해도 풍년이고마잉."

"그려. 김제가 달리 김제겄어. 여그가 바로 벼들이 많이 난다 고 혀서 황금벌판 아니여. 황금벌판 김제."

농부들이 껄껄 웃었다.

마법의 지도가 또 반짝하고 빛나는가 싶더니, 넓은 황금 들녘 은 금세 또 다른 풍경으로 바뀌었다. 이번에는 여자들이 모여서 누에고치에서 실을 뽑고 있었다.

"으, 벌레들이 엄청 많잖아."

나뭇잎을 기어다니는 흰색 벌레들을 보고 환이는 깜짝 놀라며 뒷걸음질 쳤다.

"어머, 꼬마야. 조심해. 이건 보통 벌레가 아니야."

환이가 누에를 건들까 봐 아주머니들이 화들짝 놀라서 야단했다.

"이건 누에야."

"누에요?"

"이 누에가 잘 자라야 고운 비단을 지을 수 있어."

비단이란 말에 그저 기분이 좋은지 아주머니들 모두 까르르 웃었다.

"아주머니, 여긴 어디예요? 여기도 김제예요?"

"어머, 김제라니. 얘, 여긴 잠실이야."

"잠실이요? 분명 방금까진 김제였는데……."

다솜이가 소리쳤다.

"김제면 저기 아래 지역이잖니. 여긴 누에를 키운다고 해서 잠실이라고 불러. 호호호."

아주머니들이 또 까르르 웃었다.

"이 누에를 잘 쳐야 비단을 만들고, 비단을 만들어야 우리 애들 맛있는 거 사 먹이지. 호호호."

"비단을 만들어서 그걸로 음식을 산다고요?"

환이가 되물었다.

"그럼, 그럼. 비단을 팔면 돈을 벌고, 돈을 벌면 애들 맛있는 것도 사 주고, 옷도 사 입히지. 비단은 우리한텐 돈이야. 호호호호."

아주머니들은 누에만 봐도 기분이 좋아지는 모양이었다. 까르르르 웃는 소리가 담장 너머로 울려 퍼졌다.

가마 행렬은 잠실을 지나 전통 시장에 들어섰다. 시장에는 다양한 물건을 팔러 온 상인들로 가득했다. 비단을 파는 비단 장수도 있고, 쌀을 파는 쌀장수도 있고, 항아리를 파는 항아리 장수도 있고, 국수를 파는 식당 주인도 있었다. 사람들이 물건을 사고팔 때면 돈이 오고 갔다. 옛날 사람들이 쓰던 돈을 보면서 환이가 다솜이에게 물었다.

"사람들이 돈으로 물건을 사네?"

"응. 저런 게 바로 경제생활이야."

"경제생활?"

"응. 사람들은 물건을 사고팔면서 돈으로 그 가치를 환산해서 주고받잖아."

"그게 무슨 말이야? 되게 어렵다."

환이는 무슨 말인지 몰라서 고개를 갸우뚱했다.

"아까 농부 아저씨들 봤지? 농부 아저씨들은 논에서 벼를 길러. 벼는 자라서 쌀이 되고, 농부 아저씨들은 쌀을 여기 시장에 내다가 팔아."

환이는 다솜이의 말을 들으면서 주변을 다시 둘러보았다.

"어, 정말 그렇네."

환이는 농부 아저씨가 쌀을 팔아서 돈을 벌고 기분 좋게 웃는 모습을 지켜보았다. 환이와 다솜이 얼굴에서도 웃음이 번졌다.

"쌀을 판 돈은 농부 아저씨에게 돌아가. 그 돈으로 음식도 사고, 옷도 사고, 물건도 사지."

농부 아저씨는 쌀을 팔아서 번 돈으로 시장에서 물고기 몇 마리와 옷을 샀다. 농부의 돈이 다시 물고기를 판 생선 장수와 옷을 판 옷 장수에게 간 것이다.

"이렇게 돈은 물건을 판 여러 사람에게 돌아가게 돼. 그래서 사람들은 그 돈으로 농부가 판 곡식을 사기도 하고, 옷을 사기도 하지."

"시장에서 물건을 사고판다는 거지?"

"응. 옛날에는 이렇게 시장에 모여서 물건을 사고팔았어. 지금은 슈퍼마켓도 있고, 대형 쇼핑센터도 있고 백화점도 있어서 여러 곳에서 물건을 사고팔아."

"인터넷 쇼핑몰도 있잖아. 우리 엄마는 가끔 텔레비전에서도 물건을 사는데? 홈쇼핑 같은 데서 말이야."

128

"그렇지."

"되게 다양하다."

환이는 과자를 하나 집어 들고 우물거리면서 웃었다.

"응. 요즘은 다양한 곳에서 물건을 사고파니까. 그만큼 편리해진 거지. 도시에는 24시간 내내 운영하는 편의점도 있고 말이야. 원한다면 해외 다른 나라의 물건을 주문해서 살 수도 있어. 이 모든 게 다 경제생활이야."

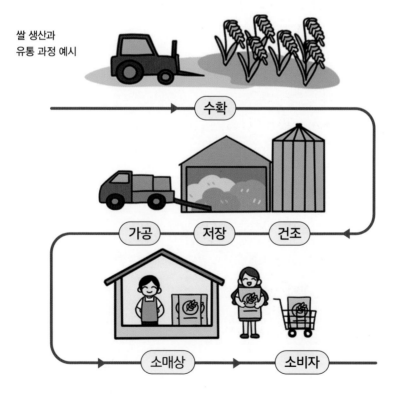

쌀 생산과
유통 과정 예시

"아아, 이제 알겠다. 우리 아빠도 회사에 다니는데, 회사에서 번 돈으로 우리한테 용돈을 주시거든. 그럼 난 그 용돈으로 학교 앞 문구점에서 간식을 사 먹지. 그러니까 이게 다 경제생활이란 거지?"

환이가 흐흐흐, 하고 웃었다.

"응, 그렇지."

"오오, 나도 경제생활을 한 거네. 전에 현명한 소비, 이런 말을 들어 본 적 있어. 현명하게 소비하라는 거잖아. 그렇지?"

"맞아. 물건을 사는 사람을 소비자라고 하고, 물건을 만들어 내는 사람을 생산자라고 하고."

"샌상자?"

"아니, 생산자. 생산한다는 건 만들어 낸다는 뜻이야."

"아아, 생산자."

환이가 한 글자씩 힘주어 말했다.

"응. 우리가 쌀을 먹기까지도 다양한 과정을 거치잖아? 물건이 생산되기까지도 여러 단계를 거쳐야 해. 그리고 우리는 소비자이니까 물건을 생산자에게 살 때 현명하게 사야 하지."

다솜이는 현명하다는 말을 힘주어 강조하면서 말했다.

"현명하게 사는 게 뭔데?"

환이는 여기저기 구경하느라 한눈을 팔면서 물었다. 다솜이가 환이의 귀를 잡아당겼다.

"너처럼 아무 생각 없이 사는 게 아니라, 신중하게 고민해서 잘 선택하는 거지. 예를 들면 값이 적절한지, 너무 비싼 건 아닌지, 꼭 필요한지, 여러 가지를 따져 보는 거야."

다솜이가 손가락을 까딱 세운 채 부드럽게 설명했다.

"아아, 그렇구나."

환이는 문득 무언가 생각났다는 듯이 쿡쿡 웃어 댔다.

"그럼 다솜이 너는 현명한 소비자가 아니겠네. 큭큭."

"내가 왜? 내가 얼마나 현명한 소비자인데?"

"에이, 너 지난주에 빵에 들어 있는 로로몬 스티커 모은다고 편의점에서 매일 빵 사 먹었잖아. 빵은 먹기 싫다고 다른 애들 주는 거 내가 다 봤어. 현명한 소비자 맞아?"

환이가 혀를 날름거리면서 놀렸다.

"앗."

다솜이의 얼굴이 순식간에 새빨개졌다.

"그러니까 너도 앞으로는 현명하게 선택하길 바라. 하하하."

환이는 다솜이를 약 올리면서 앞으로 달려갔다.

사람과 사람 사이에서만 물건을 사고파는 게 아니야. 나라와 나라 사이에서도 물건을 사고팔아. 이런 걸 **무역**(貿易)이라고 해.

무	역
貿	易
물건을 팔고 삼	바꾸다

무역은 서로 물건을 사고팔거나 교환하는 일, 맞바꾼다는 뜻이 있는 말이야. 이와 비슷한 **교역**(交易)은 나라와 나라 사이에 물건을 사고파는 일을 말하는데, 교에는 사귄다는 뜻이 있어.

사귄다는 뜻이 있는 **교**(交)가 들어간 단어들을 살펴보자.

친교(親交) : 친하게 사귐   **교제**(交際) : 서로 사귀어 가까이 지냄

물물교환(物物交換) : 물건과 물건을 직접 바꾸는 일

물	물	교	환
物	物	交	換
물건	물건	주고받다	바꾸다

무역은 생산자와 소비자 사이에 이루어지는 일이기 때문에 나라와 나라 사이에도 일어나고, 회사와 회사 사이에도 일어나고, 사람과 사람 사이에도 일어나는 일이야. 이 과정에서는 모두 돈이 오고 가게 돼. 물건을 많이 팔면 생산자는 돈을 많이 벌게 돼서 좋지. 우리가 다른 나라에 물건을 많이 팔면 우리나라에도 돈이 많이 들어오겠지?

돈은 다른 말로 **화폐**(貨幣)라고 해. 화폐에는 **지폐**(紙幣)도 있고, **주화**(鑄貨)도 있어. 지폐는 종이로 만든 돈이란 뜻이고, 주화는 금속을 녹여서 만든 화폐 즉, 금속으로 된 돈이란 뜻이야. 우리가 평소에 자주 쓰는 동전은 모두 주화이고, 큰돈은 지폐로 되어 있지.

 나는 주화보다 지폐가 좋아.

왜?

 지폐가 주화보다 훨씬 큰돈이잖아. 주화인 500원보다 지폐인 5만 원이 큰 것처럼 말이야.

오오, 화폐에 대해 잘 아네?

 내가 다른 건 잘 몰라도 돈은 잘 안다고. 하하하. 난 부자가 될 거야.

요즘은 우리나라에서 직접 만드는 물건보다 외국에서 만들어서 수입해 오는 물건이 많아. **수입**(輸入)은 외국의 물건을 사 오는 것을 말하고, **수출**(輸出)은 우리 물건을 외국으로 파는 것을 말해. 이 모든 게 교역이고, 무역이지.

우리가 먹는 생선, 채소, 과일 등도 외국에서 수입해 온 것들이 많아. 식당에 가면 원산지를 알려 주는 표시판이 붙어 있지? 다양한 농업을 통해 생산된 **농산물**(農産物)과 물에서 난 생물인 **수산물**(水産物)이 어디에서 수입되었는지 알 수 있어.

원산지 표시판

품 목	원산지	메뉴
닭고기	국내산	초계 국수
돼지고기	국내산	고기 국수
쌀	국내산	김밥, 비빔밥
배추	국내산	김치
고춧가루	중국산	김치

우리가 먹는 음식에 들어가는 재료는 다양한 곳에서 생산되고 있어.

시장에 판매되는 제품을 자세히 살펴보면 아래와 같은 표시를 쉽게 찾아 볼 수 있어. 이런 걸 제품 표시라고 해.

원재료명 밀가루(**밀: 미국산, 호주산**), 물엿, 정제수, 혼합양념(**중국산**/ 고춧가루 4.63%, 정제소금, 마늘, 양파, 찹쌀분), 분말혼합양념(**중국산**/ 찐밀쌀가루, 고춧가루 1.57%, 정제소금, 포도당, 마늘분), 정제소금, 밀쌀, 주정, 알파탈지대두분, L-글루탐산나트륨(향미증진제), 종국

대두, 밀 함유

이 제품 표시는 고추장에 붙어 있는 거야. 고추장을 제조하는 곳은 한국이지만, 밀가루는 미국과 호주에서 왔고, 고춧가루는 중국에서 왔다는 걸 알 수 있어.

우리가 흔히 먹는 과자에서도 여러 원산지를 찾아볼 수 있어. 집에 있는 여러 음식 중에 원산지 표시를 찾아볼래? 다양한 상품과 재료들이 외국에서 들어왔다는 걸 알 수 있을 거야. 앞으로는 네가 먹는 음식과 상품을 관심 있게 봐 봐.

오늘 먹은 음식에서 제품 표시를 찾아보고 원산지를 찾아서 적어 봐.

앞으로, 앞으로

마법의 지도가 반짝거릴 때마다 가마 행렬은 다른 곳으로 순간 이동했다. 이번에는 사람들이 모여서 제사를 지내고 있었다.

"할아버지, 여긴 어디예요?"

환이가 울타리 밖에서 큰 소리로 물었다. 다들 조용히 손을 모으고 서 있다가 소리에 놀라 환이와 다솜이를 휙, 돌아보았다.

"쉿, 조용, 조용. 지금 조상님들께 제사를 지내고 있단다."

사람들이 다시 제사에 집중했다. 환이는 아저씨 한 분께 조심히 말을 걸었다.

"여기가 어딘데요?"

"안동. 동쪽을 평안하게 한다, 해서 안동."

"오래전에 왕건과 후백제 견훤이 여기서 싸웠는데, 왕건이 이기고, 후삼국까지 통일했다 안 카나. 그다음에 왕건이 고려를 세우고 동쪽을 평안하게 한다고 안동이라는 이름을 새로 내렸제."

"아아, 그래서 여길 안동이라고 불러요?"

"암만."

어느새 환이와 다솜이 주변에 있던 할아버지들과 아저씨들이 모두 고개를 끄덕였다.

허공에 떠 있던 마법의 지도가 반짝하고 빛났다. 가마 행렬은 다시 널따란 들판으로 눈 깜짝할 새에 옮겨졌다. 들판에선 농부들이 모여서 손을 흔들었다.

"아저씨, 여긴 어디예요?"

다솜이가 물었다.

"어디긴, 대전 아니겠슈. 우리는 큰 밭이라고 부르는디, 한밭이라고 부르는 사람도 많지유. 얼마나 넓은지, 한번 보시유."

환이와 다솜이는 눈앞에 펼쳐진 넓은 평야를 바라보았다. 농부들의 웃음소리가 넓은 들판에 울려 퍼졌다.

마법의 지도가 다시 반짝, 하고 빛났다.

"어이, 어디 갑니꺼."

멀리 들판에서 웃으면서 농부들이 가마 행렬을 향해 손을 흔들었다.

"아저씨, 여긴 어디예요?"

다솜이가 큰 소리로 물었다.

"여그는 달구벌이라예. 달구벌을 다른 말로 뭐라고 하던데예."

옆에서 다른 농부가 소리쳤다.

"뭐라고 하기는, 대구 아닙니꺼."

"여기도 들판이 넓네요."

환이가 웃으면서 손을 흔들었다.

"하모. 여그가 달구벌 대구 아이가."

농부도 손을 흔들어 주었다. 농부 아저씨의 옷이 땀으로 축축하게 젖어 있었다.

"아이고, 더버. 우리 달구벌은 분지라서 딴 데보다 더 덥다 안카노."

"분지가 뭔데요?"

환이가 큰 소리로 물었다.

"야트막한 산으로 둘러싸인 오목한 지형을 말하는 기라. 바람이 통하면 시원할 낀데……."

농부 아저씨들은 땀을 뚝뚝 흘리면서도 환이를 향해 웃어 주었다.

마법의 지도가 반짝, 하고 빛나니 가마 행렬은 어느새 바다 앞에 서 있었다. 사람들이 멀리 떠나는 배를 향해서 손을 흔들고 있었다.

"아들, 건강해야 한다."

훌쩍, 훌쩍 눈물을 찍어 내는 아주머니에게 환이가 물었다.

"아드님이 어디 갔어요?"

"흑, 우리 아들 돈 벌러 갔어. 건강해야 하는디."

아주머니는 배를 향해 손수건을 흔들었다.

"여긴 어디예요, 아주머니?"

"김포. 포구가 있잖니."

아주머니는 다시 배를 향해 손을 흔들었다.

"다솜아, 포구가 뭐야?"

"포구는 배가 들어오고 나가는 곳이야. 지명에 있는 포라는 말에는 포구라는 뜻이 들어 있어. 김포, 나포, 포항, 진포, 삼천포, 제물포. 다 포구야."

다솜이가 설명했다.

마법의 지도가 반짝반짝 빛나는가 싶더니, 떠들썩하게 모여서 춤추고 노래하던 사람들이 순식간에 사라져 버렸다.

"여기는 민속촌인가?"

환이는 걸음을 멈추었다. 낡은 베적삼을 입은 사람들이 논에서 모내기를 하다가 말고 굳은 채 가만히 서 있었다. 현장 체험 학습으로 갔던 민속촌에서 본 모습이랑 똑같았다.

"와, 인형인데 진짜 생생하다."

"인형이 아니야. 살아 있는 사람들이 마법에 걸린 거야. 마스터 M이 벌써 다녀갔나 봐."

다솜이가 환이에게 소곤거렸다. 그때 퐁, 소리를 내면서 투명 창이 나타났다.

> **위대한 개척자님, 여러 고장의 옛이야기가 뒤죽박죽 섞여서 그림에 가둬졌습니다. 지명에 알맞게 그림을 배치하세요.**

환이의 눈앞에 나타난 커다란 병풍은 여섯 칸으로 나뉘어 있었는데, 모두 지명만 적혀 있고 그림이 있어야 할 곳은 비어 있었다. 뒤죽박죽 놓인 그림들을 보면서 환이는 곰곰이 생각했다.

"좋아. 해 볼게."

환이는 지명과 어울리는 장면을 하나씩 병풍으로 옮겼다.

"대구는 분지라 덥다고 했어. 잠실은 누에를 친다고 했고…….

대구　　잠실　　안동　　김제　　대전　　김포

음, 안동은 동쪽을 평안하게 한다, 모여서 제사를 지내고 있었지. 또, 음, 김제, 맞아. 김제는 황금벌판이랬어."

다솜이가 박수를 치면서 웃었다.

"대전은 큰 밭, 모내기를 하고 있었어. 그리고 김포는 배가 들어오고 나가는 곳."

환이는 침착하게 병풍을 완성했다.

"하아, 틀릴까 봐 걱정했는데 잘했어. 우리나라는 옛날부터 농사를 지어 왔기 때문에 논, 들판 등 땅과 관련된 지명이 많아. 김제, 대구, 대전처럼 말이야."

"이름이 무슨 뜻인지 살펴보면 옛날에 그 지역이 어떤 모습이었을지도 알 수 있겠네."

"오오, 영리한데? 바로 그거지."

허공에서 금화가 짤랑거리면서 떨어져 내렸다. 정답을 맞혔다고 알려 주는 신호였다. 그리고 환이가 지니고 있던 두루마리가 펼쳐지더니 바람이 불어왔다. 이번엔 빨간색이었다.

"와, 이것 봐. 빨간색이 칠해졌어."

무지개에 빨간색이 덧칠해지니, 마법의 지도는 더욱 진짜 지도 같아졌다.

지명(地名)은 땅의 이름이란 뜻이야. 이름에 바다, 논, 산처럼 자연환경을 활용한 경우가 많아. 포구가 있는 제물포, 나포, 삼천포, 포항 그리고 논과 들이 있는 김제, 대구(달구벌), 논산(황산벌), 대전(큰 밭)처럼 말이야.

다양한 지명들처럼 각 지역에는 우리 조상들이 남긴 **문화유산**(文化遺産)이 있어. 문화가 무슨 뜻이냐고? 문화라는 말은 정말 자주 쓰여.

> 문화(文化) : 인간의 다양한 활동에 따른 물질적, 정신적 결과물
>
> 문화 행사(文化 行事)   근대 문화(近代 文化)   전통문화(傳統文化)
> 문화유산(文化遺産)   문화재(文化財)

우리 조상들은 다양한 문화유산을 남겼어. 보통은 무형 문화유산과 유형 문화유산으로 나누는데, **무형**(無形)은 형체가 없는 문화유산을 말하고, **유형**(有形)은 형체가 있는 문화유산을 말해.

알아 두기

★ 행사 行事 : 어떤 일을 하다

★ 근대 近代 : 가까운 시대

★ 전통 傳統 : 오래전부터 전해져 내려오는 습관이나 생각 등의 방식

★ 유산 遺産 : 앞 세대가 물려준 사물이나 문화

문	화	유	산
文	化	遺	産
글, 글자	되다	남기다	낳다, 자라다

무형 문화유산은 판소리, 탈춤처럼 손으로 만질 수 없고 이 문화를 전수받은 사람이 보여 주어야만 우리도 볼 수 있어.

유형 문화유산은 탑, 절, 항아리처럼 손으로 만질 수 있고 언제든지 구경할 수도 있어.

예술, 공연, 기술, 지식, 놀이 등이 무형에 속해.

우리나라의 대표적인 무형유산은 풍물놀이, 판소리, 탈춤이 있어.

무(無) : 없음   예) 무적(無敵) : 겨룰 만한 상대가 없음

유(有) : 있음   예) 유무(有無) : 있음과 없음

형(形) : 모양   예) 삼각형(三角形) : 뾰족한 각이 세 개 있는 모양

                     사각형(四角形) : 뾰족한 각이 네 개 있는 모양

환이의 일기

오늘 집에서 다솜이랑 같이 영화를 보는데 귀신이 나왔다.

귀신을 보면서 왜 귀신은 그림자가 없는지 갑자기

궁금해졌다. 혼자 생각하다가 그림자가 있으면 사람,

없으면 귀신인지 다솜이에게 물었다.

그러자 귀신은 정해진 모양이 없어 무형이고,

사람은 몸이 있어 유형이라고 다솜이가 말했다.

결국 그림자의 유무로 귀신과 사람을 구별할 수 있는 것이다.

나는 지난번 과학 교과서 모험 때 다솜이의

그림자가 없었던 순간이 떠올랐다. 소름이 돋았다.

과연 다솜이는 귀신일까? 사람일까?

보기의 낱말을 이용해서 짧은 글을 지어 봐.

형(形), 유(有), 무(無), 문화(文化)

마스터 M과의 대결

다솜이는 주변을 둘러보았다. 처음 사회 교과서 속으로 들어왔을 때와 비교하면 희끄무레하던 세상이 많이 선명해졌다.

"이제 색이 거의 돌아온 것 같은데?"

"하하. 이게 다 내 덕분이지 뭐."

다솜이에게 환이가 으스대며 말했다. 그때 야옹거리는 소리가 가느다랗게 들려왔다.

"앗, 미오다!"

"이리 와 봐. 미오야."

환이가 손짓했지만, 미오는 구석에서 꼼짝도 하지 않았다. 환이는 마법의 지도를 다시 확인하기 위해 두루마리를 펼쳤다. 백지도였던 지도에는 모든 색이 칠해져 있었다. 다만, 딱 하나가 비어 있었는데 지도 위에 걸쳐진 무지개에 보라색만 없었다. 그것이 환이가 칠해야 할 마지막 색깔이었다.

"마지막 색깔은 어떻게 채워야 하지?"

환이의 걱정에 다솜이가 번뜩 생각나서 말했다.

"맞다! 도서관에서 미오가 입에 보라색 크레파스를 물고 있었잖아."

다솜이와 환이는 누가 먼저랄 것도 없이 미오에게 다가갔다. 미오의 눈이 반짝반짝 별처럼 빛났다.

"미오야……. 네가 보라색 크레파스 가지고 있는 거지?"

환이가 조심스레 물었다.

"그게 있어야 우리가 이 교과서에서 빠져나갈 수 있어."

다솜이가 간곡하게 말하자 미오는 야옹, 야아아옹, 울더니 갑자기 어딘가를 빤히 바라보았다. 환이와 다솜이는 미오가 바라보는 곳으로 고개를 돌렸다.

"마스터 M이다!"

마스터 M은 빙긋이 웃으면서 천천히 걸어왔다. 행정복지센터 직원으로 변신해 환이의 금화를 빼앗아 갈 때처럼 여유 넘치는 표정이었다.

"용케도 여기까지 오셨군요."

"대체 왜 우릴 교과서 안으로 끌어들인 거야!"

다솜이가 분한 얼굴을 하고 소리쳤다.

"하하. 저는 어디까지나 환이 님이 만든 교과서 세상을 지키려고 하는 것입니다. 제가 환이 님의 교과서 세상을 잘 지켜야 환이 님께도 좋으니까요."

"무슨 소리야? 난 원래 있던 곳으로 돌아갈 거야."

환이가 고개를 저었다.

"하하하. 바깥세상으로 돌아가려면 이게 있어야 할 텐데요?"

마스터 M이 자신의 검은 모자를 벗더니 그 속에서 보라색 크레파스를 꺼냈다. 미오는 크레파스를 보자마자 그르릉, 하는 소리를 냈다.

마스터 M이 미오를 노려보며 말했다.

"이 녀석이 보라색 크레파스를 물고 사라지는 바람에 한참이나 찾았지 뭡니까. 자, 마지막 대결에 도전하시겠어요? 이기면 보라색 크레파스를 드리지요."

"미오하고 당신은 대체 무슨 사이인데?"

"하하하, 우리 말입니까? 그건 문제를 모두 푼다면 알려 드리지요. 문제에 대답할 수 있는 제한 시간은 30초입니다. 시작할까요?”

“3, 30초? 너무 짧은데?”

“그럼 포기할 건가요?”

마스터 M이 놀리듯이 물었다.

“아니, 아니야. 할 거야.”

마스터 M이 손가락을 튕기자, 주변은 곧바로 절벽 위 다리로 변했다. 그리고 미오와 다솜이는 딱딱하게 굳어진 채 게임판 위의 말처럼 다리 시작점에 놓여졌다. 반대편 다리 끝에는 환이와 마스터 M이 자리 잡았다.

“규칙은 간단합니다. 환이 님이 정답을 맞히면 환이 님의 말인 다솜 님이 앞으로 세 칸, 환이 님이 답을 못 맞히면 제 말인 미

오가 앞으로 다섯 칸 갑니다. 다리 끝에 먼저 도착하는 사람이 이기는 겁니다. 어떤가요."

"좋아. 도전!"

환이가 주먹을 불끈 쥔 채 소리쳤다.

1. 지도에 사용되는 기호와 뜻을 잘못 짝지은 것을 고르세요.
❶ ⚐ 학교   ❷ ✝ 교회   ❸ 卍 절   ❹ �ⅲ 산

"음……. 학교는 깃발, 교회는 십자가……."

환이가 중얼거렸다. 두두둑, 우르릉 소리를 내면서 게임판이 흔들렸다.

"틀린 건 산이야. 산은 뾰족한 세모 모양이야."

환이의 답이 끝나기가 무섭게 다솜이가 움직이기 시작했다. 다솜이는 시작점에서 앞으로 세 칸 이동했다.

2. 지도에 사용되는 기호들을 모아 놓은 네모 상자를 무엇이라고 하나요.

"앗, 이건 뭐지?"

환이는 곰곰이 생각했지만, 어려운 말이었다는 것 말고는 잘 생각나지 않았다.

"범, 뭐라고 했는데? 으음, 음……. 범호?"

"하하하하. 틀렸습니다. 범례예요."

마스터 M이 범례라는 말에 힘을 주면서 대답했다. 그러자 미오가 앞으로 다섯 칸을 나아갔다. 다솜이보다 미오가 두 칸 앞서 있었다. 현재 상황을 보고 환이가 끄응, 소리를 냈다.

3. 방위표의 방위를 설명하세요.

"아, 이건 알아. 다솜이가 가르쳐 줬거든. 오른쪽이 동쪽, 왼쪽이 서쪽, 아래쪽이 남쪽, 위쪽이 북쪽이야."

환이가 동, 서, 남, 북의 위치를 정확하게 말하자 다솜이가 앞으로 세 칸 움직였다. 이제 미오보다 한 칸 앞서 있었다.

"흥, 승부는 아직 끝나지 않았어요."

마스터 M이 빈정대듯이 말했다.

4. 우리가 다른 나라와 무역을 하는 이유는 무엇인가요.

"무역? 음, 무역이 뭐랬지?"

환이가 자신도 모르게 중얼거렸다.

"하하하. 모르면 포기하시든가요."

마스터 M이 약을 올리며 웃었다.

"아니야. 알아."

환이는 머릿속으로 다솜이가 설명하던 상황을 떠올렸다.

"무역은 우리가 다른 나라와 교역하는 걸 말해. 우리나라에서 많이 생산되는 물건이 있고, 다른 나라에서 많이 생산되는 물건이 있어. 서로 무역을 해야만 필요한 걸 얻을 수 있어서 나라끼리 서로 다양한 물건들을 사고파는 거야."

환이의 말이 끝나자 다솜이가 앞으로 세 칸 움직였다.

5. 다음 고장 이름과 그 유래가 바르지 않은 것을 고르세요.

❶ 제물포 - 포구에서 온 이름 ❷ 안동 - 동쪽이 평안하다
❸ 김제 - 넓은 황금벌판 ❹ 서울 - 사람이 많다

"서울에 사람이 많이 살긴 하지……. 그럼 틀린 게 안동인가? 아니면 제물포? 아니야. 지명에서 포는 포구를 뜻한다고 했어.

그러니까 제물포는 맞아. 안동은 고려 태조 임금이 동쪽을 평안하게 한다는 뜻으로 이름 붙여 줬다고 했지. 그럼, 음……. 답은 서울!"

이번에도 다솜이가 다시 앞으로 세 칸 이동했다. 이제 몇 칸 남지 않았다. 만약 문제를 한 번만 더 맞히면 이대로 환이가 이기는 상황이었다.

"앗싸, 이제 하나만 더 맞히면 된다."

환이가 박수를 치면서 웃었다.

"이기고 지는 건 끝까지 가 봐야 압니다. 저는 환이 님과 다솜 님이 이 교과서 세상에 저와 함께 남아 주면 좋겠거든요. 하하하하."

마스터 M은 고개를 부드럽게 저으면서 웃었다.

"그게 무슨 소리야! 말도 안 돼. 나는 밖으로 나갈 거거든."

환이는 지지 않고 소리쳤다.

6. 현명한 소비는 어떤 소비를 말하나요.

"헤에, 쉽다. 이건 내가 제대로 알지. 현명하다는 건 말이야. 소비할 때 물건을 살지 말지 신중하게 선택하는 거야. 물건의 가

격이 적절한지, 쓸모가 있는지 따져 보는 거지. 어때, 내 말이 맞지?"

곧이어 다솜이가 다리 끝에 도착했다. 다솜이는 도착하자마자 펑 소리를 내면서 원래 모습대로 커졌다. 미오도 순식간에 원래 모습으로 돌아와 다리 위에서 꼬리를 살랑거리며 환이를 바라보았다.

"환아, 이제 다 끝났어!"

다솜이가 소리쳤다.

"아하하하하. 이겼다, 이겼어. 이제 교과서 밖으로 나가는 거야. 어서 보라색 크레파스 돌려줘!"

"흠, 어쩔 수 없죠. 열심히 공부했으니, 그 대가로 보라색 크레파스를 드리겠습니다. 하하하."

환이는 순순히 크레파스를 내주는 마스터 M이 영 미덥지 않았지만, 보라색 크레파스를 일단 받아 들었다.

"그, 그럼 우리 이제 보내 주는 거지?"

환이가 마스터 M을 힐끔거리면서 다리를 건너기 시작했다. 다리 한복판에 가만히 앉아 있는 미오를 환이가 두 손으로 끌어안았다.

"이상하다……. 왜 이렇게 찜찜한 거지?"

환이가 소곤거렸다. 환이는 다리 위에서 마스터 M을 다시 돌아보았다.

"제가 셋 다 교과서 밖으로 내보내 준다고 언제 그랬지요? 저는 그런 말을 한 적이 없는데요?"

역시나 그게 다가 아니었다. 마스터 M이 웃으면서 손가락을 튕겼다.

"뭐, 뭐라고?"

순식간에 환이가 밟고 있던 다리가 투투둑, 소리를 내면서 끊어지기 시작했다.

"환아, 달려!"

환이는 다솜이의 소리에 그대로 반대편 절벽으로 달리기 시작했다. 하지만 다리 끊어지는 속도보다 느렸다.

"환아, 빨리, 빨리!"

마음이 급해진 다솜이가 다리로 뛰어들어 손을 내밀었다.

"다솜아!"

외마디 외침과 함께 환이와 미오, 그리고 환이를 붙잡으려던 다솜이까지 절벽 아래로 떨어져 내렸다.

"환아, 무지개를 칠해! 얼른!"

"무지개?"

"빨리 마법의 지도를 펴라고!"

다솜이가 허공에서 허우적대면서 소리쳤다. 환이는 다솜이의 말대로 가지고 있던 마법의 지도를 펼쳤다. 그러고는 비어 있던 무지개에 보라색 크레파스로 마구 색칠하기 시작했다. 그 순간, 마법의 지도가 빛을 뿜더니 실제로 아이들 눈앞에 무지개 바람이 불기 시작했다. 그 바람은 이내 오색 빛으로 찬란하게 빛나는 무지개로 변했다.

"으아아아아!"

환이와 다솜이, 미오는 무지개 다리 위로 떨어져 내렸다. 무지개는 다행히 깃털처럼 푹신하고 부드러웠다.

"으아아아, 하아. 나 죽는 줄 알았어."

"으아, 너 때문에 진짜 깜짝 놀랐잖아."

"그나저나 너 왜 뛰어든 거야. 설마 나 때문에…… 나를 구하려고?"

환이가 다솜이를 감동에 찬 눈빛으로 바라보았다.

"아, 아니야. 난 네가 아니라 미오를 구하려고 한 거지."

다솜이가 딴청을 피우면서 고개를 돌렸다.

"아 참, 미오는?"

미오를 찾던 환이와 다솜이 옆에는 검은 옷을 입은 여자애가 있었다.

"역시 네가 미오였구나?"

"어쩌다가 고양이가 된 거야?"

"마스터 M이 마법을 부린 거야?"

환이와 다솜이가 앞다퉈 물었다.

"일단 무지개 다리를 건너자. 건너면서 말해 줄게."

낯선 여자아이는 웃으면서 환이와 다솜이의 손을 잡고 무지개 다리를 건너 절벽 위에 도착했다.

"나도 오래전에 천둥이 치던 날, 너희처럼 도서관에서 이 마법

의 교과서 세상으로 들어오게 됐어. 나도 환이 너처럼 교과서에 낙서하는 걸 정말 좋아했거든.”

“앗, 너도 그랬구나?”

여자아이는 부드럽게 고개를 끄덕였다.

“이곳 마법의 교과서 세상에 갇히게 된 다음, 마스터 M의 마법을 풀어 줄 사람을 찾고 있었어.”

“그게 나였단 말이야?”

환이가 놀란 눈으로 물었다.

“응. 너무나 고마워. 너희들이 내게 걸린 마법을 풀어 줬어.”

“대체 마스터 M의 정체가 뭐야?”

“마스터 M은 교과서 세상을 뒤죽박죽 만드는 마법사야. 나한테 마법을 가르쳐 주고, 나를 시켜서 이런저런 못된 짓을 꾸미곤 했어. 하지만 난 여기서 나가고 싶어서 몰래 도망쳤지. 그러자 마스터 M이 나를 고양이로 만들어 버렸어.”

“네가 마스터 M의 보조였단 말이야?”

“응. 사실 처음에는 재밌었거든. 여기에서는 온갖 일들이 다 마법처럼 가능하니까. 마스터 M은 계속해서 교과서를 엉망으로 만든 아이들을 찾아다녔어. 그래야 교과서 세상에서 영원히 살아갈 수 있으니까.”

"그럼 넌 마스터 M의 마법을 풀기 위해 우리 앞에 나타난 거야?"

"응. 너희라면 도와줄 수 있을 거라고 생각했어."

잠시 후, 다솜이와 환이 뒤에 소리 없이 낡은 문이 나타났다. 그 문만 넘어서면 과학 교과서에서 빠져나왔던 것처럼 바로 도서관으로 돌아갈 수 있다는 것을 아이들은 알아차렸다.

"이제 넌 어떻게 되는 거야?"

"너희와 함께 교과서 세상을 빠져나가면 나도 이젠 학생으로 돌아가겠지. 공부도 하고, 시험도 보고, 책도 읽고 말이야."

"그럼 이제 가자."

환이와 다솜이가 손잡이를 잡아당겼다. 도서관이 보였다. 환이와 다솜이 뒤를 따라오던 미오가 앗, 하고 멈춰 섰다. 이상했다. 미오는 아무리 해도 환이와 다솜이처럼 앞으로 더 나아갈 수 없었다.

"뭐야. 왜 이러는 건데?"

"아, 어떻게 하지? 도서관이 코앞인데……."

환이와 다솜이가 어쩔 줄을 몰라 했다.

"하하하. 내 마법이 그렇게 쉽게 풀릴 줄 알았나 보지?"

언제 나타났는지 허공에서 마스터 M이 아이들을 내려다보고

있었다.

"마스터 M, 대체 이게 무슨 짓이야!"

"후훗, 아직 풀어야 할 교과서 마법들이 많이 남아 있답니다. 마법을 다 풀 때까지 미오는 여기 남아야 합니다. 하하하하."

마스터 M은 웃으면서 손가락을 튕겼다. 펑, 소리와 함께 미오는 다시 검은 고양이의 모습으로 바뀌더니 마스터 M에게 끌려갔다. 미오는 그 순간, 마스터 M 몰래 무언가를 휙 던졌다. 환이는 얼른 낚아챘다.

"이 아이를 구하고 싶다면 언제든지 교과서 세상으로 다시 돌아오십시오. 하하하하."

마스터 M과 미오는 순식간에 사라져 버렸다. 마스터 M의 웃음소리가 길게 여운을 남기면서 허공을 떠돌았다.

다솜이와 환이는 다시 도서관으로 돌아왔다. 도서관은 시간이 멈춘 그대로였다. 천둥이 쿠쿠쿵 울리고 다시 번개가 쳤다.

"하아, 어떻게 하지? 미오가 교과서 세상에 그대로 남았잖아."

환이는 꽉 쥐고 있던 주먹을 천천히 펴 보았다.

"이건 금화잖아?"

다솜이는 숨을 크게 들이마셨다. 그러고는 주먹을 꽉 쥐었다.

"마스터 M에게 다시 도전하자."

"뭐? 다시 도전한다고?"

다솜이는 환이의 수학 교과서를 집어 들었다. 쿠쿠쿵, 하는 요란한 천둥소리와 함께 번개가 쳤다. 미오를 구하기 위한 새로운 모험이 시작되고 있었다.

37쪽

병원

학교

소방서

사찰

우체국

교회

은행

특별시·광역시·도청

명승고적

시·군·구청

온천

논

제방

밭

공장

과수원

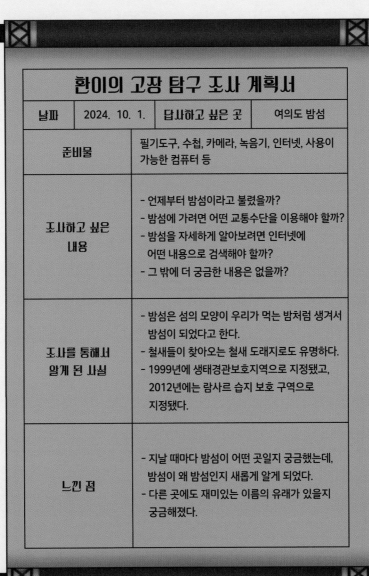

환이의 고장 탐구 조사 계획서			
날짜	2024. 10. 1.	답사하고 싶은 곳	여의도 밤섬
준비물	필기도구, 수첩, 카메라, 녹음기, 인터넷, 사용이 가능한 컴퓨터 등		
조사하고 싶은 내용	- 언제부터 밤섬이라고 불렸을까? - 밤섬에 가려면 어떤 교통수단을 이용해야 할까? - 밤섬을 자세하게 알아보려면 인터넷에 어떤 내용으로 검색해야 할까? - 그 밖에 더 궁금한 내용은 없을까?		
조사를 통해서 알게 된 사실	- 밤섬은 섬의 모양이 우리가 먹는 밤처럼 생겨서 밤섬이 되었다고 한다. - 철새들이 찾아오는 철새 도래지로도 유명하다. - 1999년에 생태경관보호지역으로 지정됐고, 2012년에는 람사르 습지 보호 구역으로 지정됐다.		
느낀 점	- 지날 때마다 밤섬이 어떤 곳일지 궁금했는데, 밤섬이 왜 밤섬인지 새롭게 알게 되었다. - 다른 곳에도 재미있는 이름의 유래가 있을지 궁금해졌다.		

마스터 M과 교과서 대모험 사회

1판 1쇄 인쇄 | 2024. 12. 3.
1판 1쇄 발행 | 2024. 12. 12.

김성효 글 | 정수영 그림

발행처 김영사 | **발행인** 박강휘
편집 윤기홍 | **디자인** 고윤이 | **마케팅** 이철주 김나현 | **홍보** 조은우 육소연
등록번호 제 406-2003-036호 | **등록일자** 1979. 5. 17.
주소 경기도 파주시 문발로 197(우10881)
전화 마케팅부 031-955-3100 | 편집부 031-955-3113~20 | 팩스 031-955-3111

값은 표지에 있습니다.
ISBN 979-11-7332-027-9 74810

좋은 독자가 좋은 책을 만듭니다. 김영사는 독자 여러분의 의견에 항상 귀 기울이고 있습니다.
전자우편 book@gimmyoung.com | 홈페이지 www.gimmyoung.com

|어린이제품 안전특별법에 의한 표시사항| 제품명 도서 제조년월일 2024년 12월 12일
제조사명 김영사 주소 10881 경기도 파주시 문발로 197 전화번호 031-955-3100 제조국명 대한민국
사용 연령 8세 이상 ⚠️주의 책 모서리에 찍히거나 책장에 베이지 않게 조심하세요.